KB274085

회화로 읽는 1930년대 시문학사

김진희(金眞禧)

이화여자대학교 국어국문학과를 졸업하고 동대학원에서 박사학위를 받았다. 1996년『세계일보』신춘문예 평론부문에 당선되어 문학평론가로 활동 중이며 현재 이화여자대학교 이화인문과학원 HK교수로 재직 중이다. 박사학위 논문으로 일제 강점기 생명파 시문학의 근대성 문제에 천착한 이후 최근까지 식민지 시대 한국 근대문학의 젠더, 근대성, 탈식민성, 번역론과 비교문학 연구 등을 주요한 연구주제로 삼고 있다.

저서로는 평론집『시에 관한 각서』,『不遇한, 不朽의 노래』,『기억의 수사학』등이 있고 연구서로는『생명파 시의 모더니티』(2003),『근대문학의 장(場)과 시인의 선택』(2009)이 있으며 공저로『오규원 깊이 읽기』(2002),『새로 쓰는 한국시인론』(2003),『행복한 시인의 사회』(2004),『시대를 건너는 시의 힘』(2005),『이제 희망을 노래하련다』(2009),『젠더하기와 타자의 형상화』(2011) 등이 있다.

탈경계인문학 연구총서 1

회화로 읽는 1930년대 시문학사
문학과 미술의 탈경계적 만남과 창조

2012년 12월 15일 초판 인쇄
2012년 12월 20일 초판 발행

지은이   김진희
펴낸이   이찬규
펴낸곳   북코리아
등록번호   제03-01240호
주소   462-807 경기도 성남시 중원구 상대원동 146-8 우림2차 A동 1007호
전화   02) 704-7840
팩스   02) 704-7848
이메일   sunhaksa@korea.com
홈페이지   www.bookorea.co.kr
ISBN   978-89-6324-251-4 (94810)
           978-89-6324-250-7 (세트)

값 17,000원

– 이 저서는 2007년 정부재원(교육과학기술부 학술연구조성사업비)으로 한국연구재단의 지원을 받아 연구되었습니다(NRF-2007-361-AL0015).
– 표지 그림
  위: 마리네티, 〈자유로운 언어의 첫기록〉
  아래: 한국 문예지『창조』8호,『백조』창간호,『문장』2호,『문장』21호 표지
– 이 도서의 국립중앙도서관 출판시도서목록(CIP)은 e-CIP홈페이지(http://www.nl.go.kr/ecip)와 국가자료공동목록시스템(http://www.nl.go.kr/kolisnet)에서 이용하실 수 있습니다.(CIP제어번호: CIP2013000057)

탈경계인문학 연구총서 1

회화로 읽는 1930년대 시문학사

문학과 미술의
탈경계적 만남과 창조

김진희 지음

북코리아

차례

그림 목록

서문

문학과 미술의 탈경계적 만남과 창조

독일의 예술비평가 레싱(Gotthold Ephraim Lessing, 1729-1781)은 『라오콘 (Laokoon)』에서 고대로부터 내려온 미술을 우위에 둔, 문학과 미술의 상 호관련성을 비판적으로 의식하면서 문학과 미술의 본질적 차이와 경 계를 강조함으로써, 미술에 대한 문학의 상대적 우위를 말하고자 했 다. 그리하여 '라오콘'이 고통을 절제하여 표현한 것은 위대한 영혼을 드러내기 위해서라는 빙켈만의 의견을 반박하며, 조형 예술의 특성 상 아름다운 형상을 만들어야 하기 때문에 고통은 외화될 수 없으므 로 문학만이 인간의 고통과 위대한 정신성을 표현할 수 있다고 주장 했다. 빙켈만과 레싱은 모두 인간의 고통과 위대한 정신성이라는 동 일한 주제에 주목하면서도 문학과 미술의 경계를 의식하면서 어떤 장 르가 인간의 고통과 이것을 견디는 인간 영혼의 위대성을 보다 잘 표 현하는가라는 문제에 천착했다.

보들레르는 화가 들라크루아의 색채와 주제, 데생 사이의 깊고 완벽한 조화와 인물들의 극적인 몸짓에서 내면성과 보편성 그리고 우수(憂愁), 멜랑콜리를 발견한다. 인간 고통의 재현, 그 안에 도사린 슬픔의 고뇌 등에 대해 보들레르는 열정적으로 반응하면서 회화가 갖는 그런 특성이 바로 문학과 만나는 지점임을 강조한다. 릴케 역시 로댕이 만들어 내는, 표면이 살아 움직이는 육체에 주목하는데 표면이란 내면에 있는 정신적인 차원과 관련되는 것이므로 표면을 통해 존재의 본질이 드러날 수 있다고 생각했다. 그리고 로댕의 이런 작업이 형상에 영원성을 부여하는 창조행위라 생각했고 자신 역시 사물의 언어가 내면성을 획득하는 순간을 위해 시작(詩作)했다. 레싱이나 빙켈만이 사유했던 예술 장르의 경계 문제는 낭만주의를 거치면서 경계의 공유와 상호관련성을 강조하는 방향으로 전환되었고 이것이 현대예술의 방향이기도 했다. 따라서 현대미학을 정초한 두 시인, 보들레르와 릴케가 인간의 보편적 삶을 이해하고 언어화하는데 문학과 미술의 상호관련성은 주목해야 할 상상의 세계로 인식될 수 있었다.

이 책은 한국 현대예술의 발전시기인 1930년대 문학과 미술, 시인과 화가들이 서로 교류하면서 현대예술 발전에 기여하고 있음을 연구하고 있다. 예술사에서 문학, 특히 시와 그림은 상호관련성 있는 것으로 인식되어 왔는데 특히 근대 이후 서구에서 낭만주의 이후, 문학과 미술의 친연성은 더욱 두드러진다. 이 저서는 문학 상상력의 원천으로 회화 작품이 어떤 역할을 하며, 또 화가와 시인의 정신적, 예술적 교류가 작품 창작에 서로 어떤 관련성을 갖는지 탐구하고 있다. 특히 한국 현대시가 발전하는 중요한 시기인 1930년대 시인과 화가의 교류, 또 서구 회화에의 경험이 현대시학 탐구와 관련되고 있음을 밝히고 있다.

이 책은 총 아홉 개의 장으로 구성되었는데, 앞의 세 개의 장은 1930년대 문학과 미술의 상호관련성을 이해하기 위한 예술사적, 이론적, 문단적 상황에 대한 고찰이다. '시와 회화의 상상력과 현대예술의 탄생'은 20세기 이후 현대시를 이해하기 위해 문학과 미술의 상호관련성에 대한 탐구가 필요함을 밝히는 장으로 이 책에서 서론의 역할을 하고 있다. 미술비평을 통해 현대예술의 미학을 정초하고 현대시의 방향을 제시한 보들레르, 그리고 로댕을 통해 사물의 존재와 본질을 탐구하고 언어의 조형성을 선도한 릴케, 두 시인의 작업에 의해 문학과 미술의 상호관련성이 20세기 현대시의 탄생에 결정적인 역할을 하고 있음을 밝히고 있다. 다음 장, '한국현대예술의 발전과 문학-미술의 상호관련성'에서는 한국 근대문학 초창기 문학인과 미술인의 교류가 한국 현대예술 발전에 기여하고 있음을 살폈고, '종합예술의 꿈과 문예지의 출현'에서는 문학인과 미술인의 종합예술에 대한 꿈이 문예지를 통해 실현되고 있음을 이야기했다. 이후 네 번째 장부터는 김기림, 김광균, 이상, 서정주, 정지용 등이 회화와 맺는 관련성을 살피고 있는 각론으로 회화에 펼쳐진 선과 색채, 그리고 화가의 예술 정신이 시인의 작품 및 시론에서 새로운 언어와 상상력으로 확장되는 과정을 구체적으로 살피고 있다. 이 각론 중에서 서정주와 정지용 연구는 2006년과 2009년에 각각 논문으로 발표했던 것을 이번에 수정·보완하여 재수록하였다. 마지막 장은 각론에서 다룬 시인들 이외에도 현대시 탐구의 토대에 미술이 놓여 있는 시인들을 소개한 글인데, 이 논의를 통해 한국 근대문학과 미술과의 광범위한 상호관련성을 다시 한 번 확인하게 된다.

1990년대 후반, 나는 박사학위 논문을 쓰기 위해 1930년대 문학의 장(場)에 관해 공부하면서 당대 현대예술 발전에 동력이 된 시인과 화가와의 교류에 주목하게 되었다. 이후 1930년대 회화와 시의 교류에 관한 관심은 계속되었는데 생각보다 시단과 화단의 교류가 활발했고 이런 교유가 실제 많은 시인들의 시세계에 영향을 주었음이 놀라웠다. 시인들의 시 의식은 개방적이었으며 탈경계적인 욕망과 충동 속에서 이전과는 전혀 다른 새로운 예술을 창조하고 싶어 했다. 그런 시인들의 꿈과 상상을 읽는 것 역시 내게는 매혹적인 것이었다.

1930년대 김광균은 시는 회화를 쫓아가기에 바빴다고 고백했는데, 오늘을 사는 나 역시도 그렇다. 시를 공부하는 내게 미술 작품들은 시적 언어와 상상의 원천이고 늘 감탄과 경외의 대상이다. 모네의 그림을 보며 김광균 시에서 읽었던 아스라한 비애감을 떠올리고, 달리의 초현실주의와 대면하면서 이상(李箱)에게서 감지했던 정신적 위기감을 느낀다. 그리고 추사 김정희의 〈세한도〉와 정지용의 〈장수산〉이 환기하는 추위에서 비장함을 읽는다. 이런 공감 속에서 나는 문학과 미술의 정신적 상동성을 느끼곤 하는데 이는 이내 풍요로운 감동 속으로 나를 이끌곤 한다. 이런 의미에서 이 책은 십여년간 가슴속에 품어온 미술에 대한 관심과 애정의 결과물이다.

지난 여름 나는 스위스의 루체른과 이탈리아의 로마에 다녀왔다. 이 일정 중에 〈라오콘상 BC.150-50〉을 포함하여, 1792년 프랑스 혁명 당시 루이16세를 위해 죽어간 스위스 용병을 기린 조각상 〈빈사(瀕死)의 사자상 The dying Lion of Luzern, 1821〉과 〈피에타 Pietà, 1498-1499〉를 만났다. 당시 이 책을 집필 중이었던 나는 이들 작품 앞에서 예술가들이 고민했던 문학과 미술의 상호관련성, 그리고 인간 고통의 형상화 문제와 직접 부딪혀보고 싶었다. 조각상의 선과 형상이 만들어내는 의미를 찾으려 애쓰면서 인간의 고통이 그들의 표정과 몸짓으로 어떻게 표현되는가 응시했다. 창에 찔려 죽어가는 사자, 뱀에 물려 고통스러운 라오콘, 죽어가는 아들과 그를 안고 지켜보는 어머니. 조각이라는 단단한 형상 속에서, 강렬하게 소용돌이치는 고통, 그것은 인간 보편 감정에 호소하면서, 자신의 존재감을 장엄하게 공간 속에 실현시키고 있었다. 그리고 나의 내면에 그들의 일그러진 표정과 뒤틀린 육체는 절규와 신음의 언어로 각인되었다. 시(詩)와 조각, 문학과 미술의 언어가 하나의 언어로 인식되는 순간이었다.

시문학연구에 있어서 미술과의 관련성은 주로 패러디 연구를 통해 이루어져 왔거나 시의 이미지와 기법을 중심으로 논의되어 왔다. 이 연구는 회화와 문학 간의 패러디 현상을 포함하여 1930년대 미술계가 지향했던 예술성과 원리, 그리고 미술 문화적 환경이 시인들에게 어떤 영향을 주고 있는지를 분석하고 있다. 당대 미술-문화와의 관련 속에서 재구성된 시문학사 연구가 1930년대 시문학사에 대한 새로운 이해에 기여하기를 기대한다.

이화인문과학원의 탈경계인문학 연구총서로 이 책을 출간하게 되어 기쁘다. 이화인문과학원에서 연구를 시작한 이후 지속적으로 국문학 연구에 탈경계적인 사유를 접목시키려 노력해왔다. 문학과 미술의 상호관련성은 주로 비교문학에서 다루던 연구주제이다. 비교가 두 대상의 경계를 의식하여 그 차이와 공통점 그리고 의미를 밝히는 것이라면 이 연구는 예술 장르 경계의 교차와 넘나듦, 융합적 사유가 시인과 화가들의 예술 원리로 확장되어 새로운 창조로 이어진다는 점에서 보다 통합적인 관점을 요구하는데, 탈경계적 사유는 일정한 방향을 제시해주었다. 이런 의미에서 이 연구의 많은 부분은 이화인문과학원에서 탈경계 인문학을 함께 고민해온 동료 연구자들의 노력에 빚지고 있다. 그 분들의 얼굴을 떠올리며 감사의 인사를 전한다. 그리고 이 책의 출간을 위해 힘써주신 북코리아 출판사 이찬규 사장님께 감사드린다.

2012년 12월
梨花 眞館에서
김진희

시詩와 회화의 상상력과
현대예술의 탄생

영혼의 이미지와 창조적 언어

"들라크루아의 상상력! 그의 상상력이야말로 심오한 종교의 영역에까지 상승하는 것을 결코 두려워한 적이 없다. 하늘이 그의 것이라면 지옥과 전쟁도 그의 것이며, 낙원의 순수함뿐만 아니라 음욕까지도 그에 속한다. 이것이 바로 화가와 시인의 전형적인 타입이 아닌가".[1]

회화를 넘어 모든 예술의 미학적 가치와 근원으로 보들레르에게 창조적 상상력과 열정을 불러일으킨 화가 들라크루아. 보들레르는 그의 회화에서 인간 영혼의 가장 깊은 곳에서만 그 기원을 찾을 수 있는, 새로운 세계와 감정을 창조하는 상상력을 읽는다. 현대예술의 명제이기도 한 '상상력'과 '독창성'은 보들레르에게 새로운 세계를 창조하고 새로운 감정을 환기하는 중요한 '미학'이다. 특히, 그가 이런 새로움에 대한 열망과 상상력의 세계를 동시대의 화가들과 회화 작품을 통해 읽어내고 있음은 현대예술의 발전에 있어서 주목해야 할 사실이다.

---

1. 보들레르, 「외젠 들라크루아의 생애와 작품」(1863), 『화가와 시인-보들레르 미학의 등대 들라크루아, 그에게 바치는 미술론』, 윤영애 옮김, 열화당, 2007.

알려져 있듯이 보들레르(Charles Baudelaire, 1821-1867)는 상징주의 3대 시인인 베를렌, 랭보, 말라르메의 기원이 되기도 한 현대 시인이지만, 한편으로 그는 미술 비평가였다. 현대시를 포함하여 예술의 모더니티를 창조한 중요한 시인이자 비평가로서 보들레르는 서구 예술사의 현대적인 기획의 중심에 존재한다. 특히 회화와의 관련성 속에서 문학 작품의 존재를 밝히고, 이를 예술에 대한 이해로 확장시킨 보들레르의 업적은 강조해도 지나치지 않다.

1845년부터 쓰기 시작한 미술비평문 「1845년의 살롱」을 시작으로 「1846년의 살롱」, 「1855년의 만국박람회」, 「1859년의 살롱」 등은 당대의 수많은 예술가와 작품에 대한 비판적 작품론이면서 동시에 현대예술에 대한 보들레르의 미학이 표명된 글이기도 하다. 보들레르는 앵그르의 완벽한 기교, 쿠르베의 힘 있는 터치, 들라크루아의 멜랑콜리의 미학 등에 대한 열렬한 공감과 찬사를 보내는데, 이는 화가와 그 작품에 대한 비평을 넘어 자신이 추구하는 미학을 그들을 통해 발견하고, 천명하는 예술정신사적인 교류를 의미한다.[2]

> 루벤스, 망각의 강, 나태의 정원,
> 그곳에서 사랑하기엔 너무 싱싱한 살 베개,
> 그러나 거기선 생명이 끊임없이 넘치고 용솟음친다.
> 하늘에 바람처럼, 바다에 밀물처럼;
>
> 레오나르도 다 빈치, 깊숙하고 어두운 거울,
> 거기서 사랑스런 천사들, 신비 가득한
> 다정한 미소지으며 그들의 나라 에워싼
> 빙하와 소나무 그늘에 나타난다.

---

2.   이가림, 「와토와 보들레르, 시공을 넘나드는 상상력의 축제」, 『미술과 문학의 만남』, (주)월간미술, 2000.

그림 1　레오나르도 다 빈치, 〈암굴의 성모 The Virgin of the Rock〉, 1480년대.
"레오나르도 다 빈치, 깊숙하고 어두운 거울, / 거기서 사랑스런 천사들, 신비 가득한 /
다정한 미소지으며 그들의 나라 에워싼 / 빙하와 소나무 그늘에 나타난다."

렘브란트, 신음소리 가득한 음산한 병원,
장식이라고는 커다란 십자가 하나,
눈물 섞인 기도가 오물에서 풍기고,
겨울 햇살 한줄기 불쑥 스친다;

미켈란젤로, 어렴풋한 곳, 그곳에서 보이는 것은
헤라클레스 무리들과 그리스도 무리들 어울리는 것,
억센 유령들이 꼿꼿이 일어나 땅거미 어스름 속에서
손가락 뻗쳐 저희들의 수의를 찢는 모습;

권투선수의 분노도 목신의 뻔뻔함도,
천민들의 미는 잘도 긁어모을 수 있었던 그대,
자존심에 부푼 마음은 넉넉하나, 허약하고 누렇게 뜬 사나이.
퓌제, 고역수들의 우울한 제왕.

와토, 수많은 명사들이 나비처럼
번쩍이며 이리저리 거니는 사육제,
샹들리에가 비춰주는 산뜻하고 경쾌한 배경은
소용돌이치는 무도장에 광란을 퍼붓는다.

고야, 낯선 것들로 가득한 악몽,
마녀들 잔치판에서 삶는 태아들이며
거울 보는 늙은 여인들과 마귀 꾀려고
양말을 바로잡는 발가숭이 아가씨들;

들라크루아, 악천사들 드나드는 피의 호수,
거긴 늘 푸른 전나무 숲으로 그늘지고,

그림 2 루벤스, 〈십자가를 세우다 Raising the Cross〉, 1610.
"루벤스, 망각의 강, 나태의 정원, / 그곳에서 사랑하기엔 너무 싱싱한 살 베개, / 그러나 거기선 생명이 끊임없이 넘치고 용솟음친다. / 하늘에 바람처럼, 바다에 밀물처럼."

우울한 하늘 아래 기이한 군악대 소리
베버의 가쁜 한숨인양 지나간다.

이 모든 저주, 이 모독, 이 탄식들,
이 황홀, 외침, 이 눈물, 이 〈찬가〉들,
그것은 수많은 미로에서 되울려오는 메아리 소리;
결국 죽게 될 인간의 마음에는 성스러운 아편!

그것은 수천의 보조들이 되풀이하는 부르짖음,
수천의 메가폰이 보내는 하나의 명령,
그것은 수천의 성 위에 밝혀진 하나의 등대,
깊은 숲속에서 방황하는 사냥꾼들이 부르는 소리!

왜냐면 주여, 이것은 진정
우리의 존엄을 보일 수 있는 최상의 증거,
이 뜨거운 흐느낌은 대대로 흘러흘러
당신의 영원의 강가에서 스러져갈 것이니!

 – 보들레르, 「등대들 Les Phares」[3]

 등대란 바다에서 배의 길을 비추어 주는 불빛으로, 삶에 비유하자
면 인생을 거친 파란(波瀾)으로부터 지켜주고 잔잔한 길로 인도해주는
역할을 하는 존재라 할 수 있을 것이다. 보들레르는 그의 삶과 예술의
등대로 화가들을 등장시키고 있다. 각 화가들은 보들레르가 애정을
갖고 있었던 화가들인데 시어와 이미지는 화가의 그림에서 이미지를

____

3.   보들레르,『악의 꽃』, 윤영애 옮김, 문학과 지성사, 2003, 53-55면.

가져온 것이며 궁극적으로는 보들레르가 생각하는 화가와 회화가 인간 삶에 줄 수 있는 위안들을 드러내고 있다.

「등대들」각 연의 첫 구절은 망각의 강, 어두운 거울, 음산한 병원, 어렴풋한 곳 등 현실의 암울함과 고통을 비유하는 시어들로 시작하고 있다. 그러나 회화를 통해 그 악몽들은 '싱싱한 살', '천사들과 신비'로 전환한다. 즉 아홉 번째 연에서 진술하듯 죽음을 앞둔 존재인 인간의 미로 같은 삶, 그 안에 울리는 저주와 모독, 탄식과 황홀, 눈물과 찬가의 메아리를 화가들에게서 얻게 되는데, 이는 죽음을 앞둔 인간의 고통을 성스러운 아편처럼 위무해준다. 보들레르는 회화가 주는, 삶을 밝혀주는 등대의 빛이야말로 인간의 존엄과 영원성을 드러내는 최상의 증거임을 말하고 있다. 보들레르는 이 예술가들에게서 창조적 상상력의 원천을 공감하고 있었는데, 특히 기존 예술의 능란성, 교묘성, 숙련성에 대립되는 들라크루아의 창안성, 천재의 소박성, 모험적 상상력 등을 예찬했다.[4]

보들레르는 당대 화단에서 주목받지 못하던 들라크루아(Ferdinand Victor Eug ne Delacroix, 1798-1863)의 재능을 알아보았으며, 지속적으로 그의 예술적 세계를 찬탄하는 평문들을 발표했다. 보들레르는 들라크루아에게서 내면성과 보편성 그리고 우수(憂愁), 멜랑콜리를 발견한다. 인간 고통의 재현, 그 안에 도사린 슬픔의 고뇌 등에 대해 보들레르는 열정적으로 반응했다. 1822년 들라크루아가 〈지옥의 단테와 베르길리우스 Le Dante et Virgile aux enfers〉를 그리자 보들레르는 어떤 그림도 들라크루아만큼 대화가의 미래를 더 잘 예견해주지는 못할 것이라 극찬하면서 들라크루아의 폭발하는 듯한 재능과 타고난 멜랑콜리의 분출을 주목해야 함을 역설한다.[5]

들라크루아는 당대 유명한 소설가 스탕달이나 빅토르 위고 등과

4.　보들레르, 「1846년의 살롱」, 앞의 책.

5.　앞의 글.

그림 3 들라크루아, 〈지옥의 단테와 베르길리우스 Le Dante et Virgile aux enfers〉, 1822. 보들레르는 이 그림 속의 인물들에서 지옥의 절망과 슬픔의 에고이즘이라는, 인간 고통에 관한 보편적 사유를 읽는다.

친분을 가졌으며 평소 베르길리우스, 단테, 셰익스피어, 괴테 등을 숭배했다고 한다. 〈지옥의 단테와 베르길리우스〉는 단테의 『신곡』에서 영감을 얻은 작품으로 인간의 고통을 표현하고자 한 그림이다. 지옥을 여행하는 두 사람 중, 붉은 두건을 쓴 사람이 단테이고 옆 사람이 베르길리우스이다. 뒷모습을 보이고 있는 자는 이들을 안내한 뱃사공 플에기아스로 단테와 베르길리우스가 지옥의 강을 건너가도록 도와주고 있다. 물속에 허우적거리는 이들은 모두 지옥에 빠진 자들로 배 위에 오르려는 처절한 몸짓을 보여준다. 보들레르는 이 그림 속의 인물들에게서 지옥의 절망과 슬픔의 에고이즘을 읽고 나아가 인물 하나하나의 얼굴에서 미켈란젤로의 대담함과 루벤스의 풍요함을 본다. 원시적이고 강렬하며 자연스러운 표정을 짓는 인물들의 얼굴에서 들라크루아의 개성을 넘어서는 상상력을 읽는다는 것은 아마도 고통스런 인물의 표정에서 인간의 보편성을 읽었기 때문일 것이다. 즉 미켈란젤로와 루벤스, 들라크루아와 단테, 베르길리우스, 모두에게 관통하는 인간 고통에 관한 보편적 사유를 그림 속의 인물들이 재현하고 있었을 것이라는 의미이다.

보들레르는 이와 같은 들라크루아의 재능을 문학적인 것으로 명명한다.

> 들라크루아의 재능의 대단히 위대하고 깊은 또 다른 특징은—이 특징으로 인해 그는 모든 시인들이 애호하는 화가가 되었다—그가 본질적으로 문학적이라는 데 있다. 그것은 그의 그림이 항상 높은 문학의 영역을 성공적으로 섭렵하기 때문만은 아니고 (중략) 색채와 주제와 데생 사이의 깊고 완벽한 조화에 의해서, 또 그의 인물들의 극적인 몸짓에 의해라는 점을 주목해야 한다.[6]

보들레르는 문학에 대한 들라크루아가 가진 영감은 물론 색채와 주제, 인물의 몸짓 간의 깊고 완벽한 '조화'를 문학적인 것, 시적인 것으로 해석한다. 이는 바로 지옥과 천국, 성(聖)과 속(俗), 순수와 욕망, 고통과 쾌락을 인간의 영원한 삶 자체로 파악하는 힘, 즉 상상력의 힘을 의미한다. 그 상상력은 '지금 여기'의 삶을 망각하게 하고, 독창적 삶에 대한 염원을 가능하게 만드는 문학의 본질이기도 하다.

---

6.   보들레르, 「1855년의 만국박람회」, 앞의 책.

문학상상력의 원천으로서의 회화

상상력에 대한 사랑과 열정은 보들레르 예술에 있어서 가장 중요한 미학이다. 그의 시 「등대들」에서도 인용되고 있는 화가 와토는 〈시테르 섬으로의 순례〉에서 지금 현재의 삶이 아니라 영원한 사랑과 전설의 섬에 대한 향수와 상상을 그리고 있는데, 보들레르 역시 지나간 아름다운 신화의 시·공간에 대한 그리움과 부재에 대한 슬픔을 그리는 시 「시테르 섬으로의 여행」을 썼다. 1857년 출간한 『악의 꽃』에 실린 이 작품에서 와토의 그림 〈시테르 섬으로의 순례〉와 시인의 상상이 만나고 있음을 느낄 수 있다.

　장 앙투안 와토(Jean-Antoine Watteau, 1684-1721)는 로코코 미술의 대표자로 '페트 갈랑트'(fête galante, 우아한 연회)라고 불리는, 프랑스 사교계의 연애와 사랑의 풍속이 반영된 회화의 주제를 만들어 냈다. 자연보다 더 아름다운 자연을 그렸다고 평가되는 와토 회화의 특성은 풍부한 구상, 부드러운 색채의 조화, 달콤한 시적 우수미(憂愁美)라고 할 수 있다. 시테르 섬은 고대 비너스 신전이 모셔진 사랑의 성지로 비너스(아프로디테)가 바다의 물거품에서 탄생하여 조개껍데기를 타고 파도 위를 떠돌

그림 4　와토, 〈시테르 섬으로의 순례 Embarquement pour Cythère〉, 1717.
시테르 섬은 고대 비너스 신전이 모셔진 사랑의 성지로 비너스(아프로디테)가 바다의 물거품에서
탄생하여 조개껍데기를 타고 파도 위를 떠돌 때 바다 아래로부터 홀연히 솟아서 비너스를 맞아주었
다는 섬이다. 이 환상의 섬은 '사랑'이라는 꿈의 섬으로 상상되면서 인상파 작곡가 드뷔시 역시 피
아노 독주곡 〈기쁨의 섬〉(1904)에서 관능과 쾌락이 넘치는 사랑의 섬으로 재창조한 바 있다.

때 바다 아래로부터 홀연히 솟아서 비너스를 맞아주었다는 섬이다.
이 환상의 섬은 '사랑'이라는 꿈의 섬으로 상상되면서 인상파 작곡가
드뷔시 역시 피아노 독주곡 〈기쁨의 섬〉(1904)에서 관능과 쾌락이 넘치
는 사랑의 섬으로 재창조한 바 있다.

　사랑과 환희의 섬인 시테르 섬을, 와토는 젊은 남녀들의 사랑 이
야기가 담긴, 사교의 장으로 재현함으로써 '페트 갈랑트'[7]의 장르를 구
현한다. 그림을 들여다보면 중앙에 있는 남녀 커플은 여전히 속삭이고
있고 여성은 무엇인가 아쉬운 눈빛으로 뒤를 돌아보고 있다. 모든 즐

7.　페트 갈랑트(fête galante)는 '우아한 연회' 또는 '풍아(風雅)한 연회'라고 하는데,
　　18세기 프랑스에서 궁정의 귀부인들이 전원 같은 야외에 모여서 개최했던 사교적인
　　모임 및 그것을 주제로 한 회화를 말한다. 회화에서는 와토가 페트 갈랑트 장르의 창
　　시자이다.

거움이 끝난다는 데에 대한 무상함이 표현되어 있는 것 같다. 흩어진
남녀 커플들은 서로에게 기대고 있으면서 아스라한 꿈속에 잠긴 듯하
다. 부드러운 황금빛 색채에서 건강하고 견고한 느낌보다는 존재들을
감싸면서 한순간에 모든 것을 사라지게 할 것 같은 멜랑콜리가 느껴진
다. 이런 특성은 파스텔색이나 은색, 분홍색 등의 밝고 경쾌하게 치장
된 로코코 양식의 화려함 속에 깃든 쾌락의 허무함에 대한 멜랑콜리를
반영한다.

현실의 우울과 권태, 그리고 몽상으로서의 예술을 꿈꾸던 보들레
르, 그에게 〈시테르 섬으로의 순례〉가 재현하는 허무와 우수의 세계는
그의 시의식과 부딪혀 언어로 탄생한다.

내 마음은 새처럼 마냥 즐겁게 날아
밧줄 둘레를 자유로이 돌고 있었다;
배는 빛나는 태양에 취한 천사처럼
구름도 없는 하늘 아래 달리고 있었다.

저 초라한 검은 섬은 무엇인가?—시테르 섬이라고
사람들이 알려준다. 노래로도 알려진 유명한 고장.
늙은 모든 홀아비들이 모두 꿈꾸는 진부한 「황금의 나라」라고.
그러나 보라, 그것은 결국 가난한 땅이 아닌가!

—달콤한 비밀과 마음의 향연의 섬이여!
고대 비너스의 눈부신 환영이
바위 위에 향기처럼 감돌아
사랑과 시름으로 마음을 채운다.

초록빛 도금양과 꽃들이 만발하여,

모든 민족이 두고두고 숭배하던 아름다운 섬이여,

사랑으로 타오르는 가슴의 한숨이

장미의 향기처럼, 또는 산비둘기의

끝없는 울음소리같이 흘러내린다!

—그러나 시테르는 이제 더없이 메마른 땅.

날카로운 고함 소리로 뒤숭숭한 자갈투성이의 황무.

그런데 나는 언뜻 보았다. 해괴한 것을!

그것은 꽃을 사랑하는 젊은 사제가

비밀스런 열정에 몸이 달아

스쳐가는 산들바람에 옷자락 펄럭이며 찾아간

숲 그늘에 싸인 신전이 아니었다;

우리의 하얀 돛에 새들이 놀랄 만큼

바닷가에 바싹 붙어 스쳐가던 때.

우리에게 보인 것은 실편백처럼 시커멓게

하늘에 솟아 있는 세 개의 가시 돋친 교수대였다;

사나운 새들은 제 먹이 위에 걸터앉아

이미 썩은 목 매어 죽은 자를 미친 듯이 쪼아대고,

그 썩어 문드러진 피투성이 송장 구석구석에

저마다 더러운 부리를 무슨 연장이나 되는 듯 처박고 있었다;

　　– 보들레르, 「시테르 섬으로의 여행」 부분[8]

8.　보들레르, 앞의 책, 294-297면.

「시테르 섬으로의 여행」의 앞부분은 시테르 섬이 환기하는 낙원의 이미지를 보여준다. 한 마리 새처럼 날아오르는 시인의 마음, 찬란한 햇빛과 천사. 그런데 다음 연에서 시인의 어조는 바뀐다. '저 초라한 검은 섬은 무엇인가'라고 묻는 시인은 이제 가난한 섬이 되어 버린 시테르 섬에 슬픔을 느낀다. 그리고 자갈투성이의 황무지 속에서 교수대와 죽음의 이미지를 상상하는 시인, 그는 죽은 자의 고통 속에서 인간의 운명과 비애를 느낀다. 보들레르는 와토의 그림에서 인물들의 어딘지 모를 불안함과 우수를 죽음의 언어로 전환시키고 있다. 보들레르는 「1859년의 살롱」에서 회화에서 현대예술이 지향해야 할 가치로서 상상력을 제시하고 있는데 와토 역시 시인의 상상력을 확장시키는 새로운 세계를 회화로 보여준 것이다.

19세기 중엽 이후, 서구 예술사에서는 보들레르뿐만 아니라 현대예술을 이끌어 온 예술가들의 대부분이 단일적인 예술 장르가 아니라 종합적인 예술을 추구하면서 현대예술의 방향을 모색해 왔다. 특히 종합예술의 구현을 이상으로 하는 낭만주의는 현대예술의 방향에 많은 영향을 주었다. 보들레르 역시 '나에게 있어 낭만주의란 미(美)의 가장 최근의, 가장 동시대적인 표현이다.'라고 천명하며 현대예술의 이념과 혁신성의 토대로서 낭만주의를 강조했다.[9] 그가 낭만주의에 주목한 이유는 현대예술에서 추구하는 천재성, 창안성, 상상력 등의 거의 전부를 낭만주의 미학에서 만날 수 있었기 때문이며, 다양한 미적 경험들에 대한 종합적인 예술적 이상을 낭만주의가 추구하고 있었기 때문이다. 종합예술에 대한 낭만적 이상은 '상상력'을 기반으로 하는 현대예술을 강조하는 보들레르에게 예술적 원천 그 이상의 의미를 지니고 있었던 것이다.

---

9.   마테이 칼리니스쿠,『모더니티의 다섯 얼굴』, 이영욱 외 옮김, 시각과 언어, 1993, 58-61면.

언어의 조형화와 현대시학의 탄생

1898년 릴케는 프라하에서 이루어진 「현대 서정시」라는 제목의 강연에서 현대 서정시란 '스쳐지나가는 많은 사건들과 일상의 소음 한가운데서 자신의 가장 깊은 고독을 엿드는 것'이라고 말한다. 즉 그가 생각하는 현대시는 시인 내면의 주관성과 고독에 기초해 있다. 릴케는 근대 도시적 삶의 분주한 사건들과 소음들을 인식하면서 현대시란 외부적 상황을 의식하는 자신의 내면에 관한 직시임을 강조하고 있는 것이다. 외부 사건을 묘사하면서 시인 내면의 주관성을 강조하는 이런 생각은 프랑스 상징주의와 맞닿아 있는데, 릴케 자신도 이야기했듯, 보들레르가 시 「썩은 사체」에서 숲 속에 썩은 짐승의 몸뚱어리를 정확하고 세세하게 묘사하면서 자신의 내면 진술을 덧붙이고 있음에 찬사를 보낸다.[10] 릴케는 보들레르에게서 객관적 사실에 대한 존중과 또 이에 반응하는 내면의식의 강렬함을 보았던 것인데, 객관성을 잃지 않으면서 시인의 주관성을 강조하는 방향으로 시학을 마련해나가려 했다.

---

10. 김재혁, 「릴케 고유의 '앞세우기' 이론을 통한 '사물시' 분석」, 『독일문학』 77집, 2001.

뿐만 아니라 변화하는 근대적 삶 안에서 현대시의 방향을 사유하는 릴케의 의식은 근대문명과 도시의 덧없음을 경험하는 예술가에게 영원성의 창조라는 임무를 제시한 보들레르의 생각과 맞닿아 있다. 보들레르는 문명의 변화와 근대 사회의 속도 안에서 덧없이 스러져가는 삶의 일시성과 순간성으로부터 영원을 끌어낼 수 있는 화가의 창조적 힘을 보았고, 예술가 주관의 심미적 변형의 능력이 일시성을 영원성의 위치로 승격시킬 수 있다는 생각을 했다.

보들레르가 제시한 현대예술의 핵심이 미술과 문학의 교류, 즉 들라크루아라고 하는 화가의 미학을 분석하고 예찬하는 과정 속에서 정초될 수 있었듯이 릴케의 새로운 서정시의 방향인 객관성과 내면성의 조화는 로댕에 대한 인간적 이해는 물론 작품에 대한 예술적 공감을 통해 이루어졌다. 릴케는 내면을 정확하게 묘사하기 위해 외부의 사물에 대한 묘사가 전제된다고 생각했는데, 로댕의 조각을 보면서 사물의 표면이 바로 내면과 연관되어 있음을 인식한다.

20세기 초 문화와 예술의 중심지, 파리에서 릴케는 과거의 전통과 새로운 예술 현상들을 접하면서 큰 자극을 받았는데, 무엇보다도 로댕과 교류하면서 그의 조각예술로부터 결정적 영향을 받았다. 고독한 내면의식, 창작의 고뇌와 탐색 등으로 평가되는 릴케(Rainer Maria Rilke, 1875-1926)는 로댕을 만나기 전,『삶과 노래』,『꿈의 왕관을 쓰고』,『나의 축제에』등 다수의 시집을 발표했다. 시를 쓰던 초기에 그에게 시의 창작이란 영감에 의한 순간의 감성에 의해 이루어지는 것이었다. 그러나 로댕을 만나면서 릴케의 창작관은 극복의 과정을 밟게 된다. 로댕은 영감에 구애받지 않고 언제나 작업 중에 있었고, 오히려 작업하는 과정 그 자체를 영감으로 보았다.[11]

1902년 봄 릴케는 로댕에 관한 연구를『예술』이라는 잡지로부터

---

11. 릴케 글, 로댕 그림,『황홀의 순간』, 김재혁 옮김, 2002, 112-113면.

청탁을 받고, 그해 여름부터 1906년까지 로댕의 집에 머물며 로댕에 관한 글을 집필하고 이와 더불어 로댕의 비서 역할을 맡았다. 릴케는 「로댕론」에서 조각의 역사라는 예술사적 관점에서 로댕의 위상을 자리매김하고 로댕의 예술정신에 영향을 준 단테, 보들레르, 발자크, 위고 등의 작가에게까지도 관심을 기울임으로써 문학과 조각이라는 상이한 예술 간의 공감대를 만들어 내었고,[12] 릴케 그 자신도 시학을 정초할 수 있었다. 릴케는 로댕이 우연히 보들레르의 시집『악의 꽃』견본에 그려 넣은 소묘를 거론하면서 '로댕이 그린 선의 윤곽이『악의 꽃』과 접촉하는 곳에서 우리는 보충과 상승, 이 두 가지를 함께 느낀다'라고 한다.[13] 즉 릴케는 상이한 두 예술 장르의 만남 속에서 개개의 작품을 넘어서는 감동과 영감이 있을 수 있음을 이야기한다. 이는 릴케 스스로도 이미 문학과 미술의 만남이 갖는 창조적 의미에 주목하고 있음을 의미한다. 실제 로댕은 많은 작가들의 영향 속에서 조각 작업을 했으며, 특히『악의 꽃』은 그가 〈지옥의 문〉을 만들 때 인간 내면의 어둠과 우울의 상징에 많은 영감을 주었다고 한다. 평소 단테의『신곡』과 보들레르의『악의 꽃』에 심취해 있었던 로댕에게 〈지옥의 문〉 전면에 있는 〈생각하는 사람〉은『신곡』의 작가인 단테이자, 인간 내면의 지옥을 그린 보들레르이며, 시인으로 자처했던 로댕 자신이기도 했다.

릴케는 「로댕론」을 쓰면서 보들레르 시의 조형성을 언급하는데,[14] 이런 사유를 바탕으로 사물과 새로운 관계를 인식하면서 시인의 생각을 눈에 보이는 것으로 구현하려 하였고, 이런 변화와 모색을 '사물시(Dinggedicht)'라고 불리는『신시집』(1908)에 담아 내었다. 이 작품들은 추상화된 내면을 읊기보다 세계에 존재하는 구체적인 대상들, 예를 들어 백조, 표범, 장미, 수국 등을 관찰, 기술하고 인간 삶과의 관련성 속

---

12. Rainer Maria Rilke,『보르프스베데·로댕론』, 장미영 옮김, 책세상, 2000, 326-327면.
13. 앞의 책, 200-201면.
14. 앞의 책, 166면.

그림 5 로댕, 〈지옥의 문〉, 1880-1889.
로댕은 평소 단테와 보들레르의 작품에서 많은 영감을 받았는데, 특히 보들레르의 『악의 꽃』에서 인간 내면의 어둠과 우울의 상징을 느낄 수 있었다. 〈지옥의 문〉 전면에 있는 〈생각하는 사람〉은 『신곡』의 작가 단테이자, 보들레르이며, 시인으로 자처했던 로댕 자신이기도 했다.

에서 사물의 본질을 드러내고 있다. 릴케는 조형예술에서 구체적인 모델을 선택하듯 시의 대상을 선택하였는데 어떤 경우 로댕의 작품 자체를 시의 대상으로 삼기도 했다. 예를 들어「시인의 죽음」이라는 시는 〈지옥의 문〉의 맨 위 세 인물상 밑에 누워있는 수많은 인물 군상들 중의 한 무리인 '시인의 죽음'인데, 릴케는 이들을 소재로 작품을 쓰고 있다.

그는 누워있었다. 돋아 고인 얼굴은
높은 베개에 묻혀 창백하고 거부하는 표정이었다,
세상과 이 세상에 대한 지식이
그의 모든 감각에서 떨어져 나가
무정한 세월을 향해 되돌아 간 지금.

생전의 그의 모습을 본 모든 사람들은 그가
이 모든 것들과 하나였다는 사실을 몰랐다;
이 계곡, 이 초원 그리고 이 호수,
모든 것은 그의 얼굴이었는데.

오 그의 얼굴은 이 모든 광활함이었다,
지금도 그에게 달려가 매달리고픈 이 광활함;
그리고 이제 서글프게 죽어가는 그의 면상은
공기에 닿아 썩어가는 과일 속처럼
부드럽게 그리고 훤히 드러나고 있다.

– 릴케,「시인의 죽음」[15]

---

15. 라이너 마리아 릴케,『소유하지 않는 사랑: 릴케의 가장 아름다운 시』, 김재혁 옮김, 고려대출판부, 2003, 95면.

이 시에서 첫째 연인 "그는 누워있었다. 돋아 고인 얼굴은" 부분만 작품에 대한 모사이고 나머지 부분은 로댕의 작품에서 받은 인상과 느낌을 폭넓게 확대한 것이다. 로댕은 〈지옥의 문〉을 만들면서 단테나 보들레르 등 시인의 내면을 떠올리고 있었고, 이런 그의 생각을 선과 표면으로 드러내도록 노력했다. 조각가에게 작품의 표면이란 단순히 표면이 아니라 대상이 가진 내면의 외화이다. 릴케 역시 이런 사실을 잘 알고 있었는데, 그는 죽음으로 누워있는 시인에게서 또 다른 삶의 가능성을 상상함으로써 조각의 형상을 시의 세계로 확장시킨다. 계곡, 초원, 물을 포함하는 모든 자연이었던 '시인'. 릴케는 시인의 존재가 죽음을 통해 자연의 일부로 다시 돌아가고 있음을 상상한다.

릴케는 로댕의 천재성이 쉬임 없이 일하고 노력하는 과정 중에서 발휘되고 있음에 주목한다. 끊임없이 사물에 대해 관찰하고, 노트하면서 사물의 표면과 빛을 찾아 가는 로댕. 이런 대가의 고독한 작업에 대해 릴케는 존경과 찬탄을 보내면서 자신의 시학 역시 '떠오르는 노래로는 만족할 수 없으니, 힘찬 감행 속에서, 거의 예감할 수도 없는, 눈에 보이는 언어'를 창작하는 것임을 천명한다.[16] 이런 노력 속에서 창작된 작품인 「표범」은 『신시집』에서 가장 자주 인용되는 작품이다.

스치는 창살에 지쳐 그의 눈길은
이젠 아무것도 붙잡을 수가 없다.
그에겐 마치 수천의 창살만이 있고
그 뒤엔 아무런 세계도 없는 듯하다.

아주 조그만 원을 만들며 움직이는,
사뿐한 듯 힘찬 발걸음의 부드러운 행보는

---

16.   장미영, 「라이너 마리아 릴케의 『신시집』 연구: 언어문제를 중심으로」, 『독일문학』 제 69집 40권 1호, 1999.

커다란 의지가 마비되어 서 있는
중심을 따라 도는 힘의 무도(舞蹈)와 같다.

가끔씩 눈동자의 장막(帳幕)이 소리없이
걷히면 형상 하나 그리로 들어가,
사지의 긴장된 고요를 뚫고 들어가
심장에 가서는 존재하기를 그친다.

　　　- 릴케, 「표범—파리, 수목원에서」[17]

　　이 작품은 릴케가 로댕에게서 배운, 사물을 보고 그에 대한 생각을 형성하는 방법으로 창작된 시이다. 1연에서 표범은 지치고 무력한 존재로 형상화되며, 2연에서는 좁은 공간을 맴돌며 부드러우면서도 힘찬 춤을 연상시키는 운동을 하는 것으로 나타난다. 그러나 이 움직임은 수천 개 창살 뒤 세상을 흔들 위대한 의지는 마비된 것이다. 어쩌면 3연에서 표범의 동공에 맺히는 '상(像)'이란, 힘찬 움직임으로 비상하는 세계에 대한 꿈일지도 모른다. 이런 소망이 긴장되고 마비된 육체를 흔들지만, 이내 심장에 와서는 죽음을 맞이하는 꿈과 소망. 릴케는 표면적으로는 표범을 형상화하면서도 수천 개 창살 뒤의 세상과 마비된 육체, 동공의 휘장 속에 어리는 상(像)을 이야기함으로써 표범의 몸과 행동 속에 깃든 꿈과 좌절을 말한다. 즉 묘사의 객관성을 획득하면서도 표범의 본질을 감정이 아니라 관찰에 근거하여 나타내고 있는 것이다. 이는 릴케 스스로도 말하듯, 로댕을 통해서 '값싼 감정에서 벗어나' '화가나 조각가처럼 자연 앞에서 일하며 대상을 엄격하게 파악하고 묘사하는 것'을 시인 자신의 과제로 삼았기 때문이다. 그리고

17.　라이너 마리아 릴케, 앞의 책, 97면.

이런 노력 속에서 릴케는 '사물시'라는 현대시의 새로운 장(場)을 개척
했다.

　서구 현대예술사에서 중요한 시인들인 보들레르와 릴케, 이들
은 회화와 조각 등 미술과 만나 독창적이고 깊이 있는 현대시학을 탄
생시켰다. 이와 같은 문학과 미술의 탈경계적인 만남과 창조는 19세
기 말에서 20세기 초 서구 예술사를 빛낸 문인과 화가의 교류는 물론
1910년대 이후 한국 현대예술의 발전에 기여한 두 예술가 집단의 교
류를 통해서도 풍성하게 실현되었다.

한국현대예술의 발전과
문학-미술의 상호관련성

근대문학 초창기 문학인과 미술인의 교류

한국 시문학사에서 「와사등」과 「설야」로 잘 알려진 1930년대 대표적인 모더니스트 시인 김광균은 1930년대 詩를 회고하는 글에서 '30년대의 詩는 음악보다 繪畵이고자 하였다'[1]라며 詩와 繪畵와의 강력한 연관성을 강조한 바 있다. 김광균이 언급하고 있는 '회화이고자 했던 시'란 무엇일까.

1930년대는 '카프(KAPF)' 문학의 퇴보와 함께 문학의 자율성과 순수성을 지향하는 '구인회'나 '시문학'파 등이 대거 등장하여 시단의 새로운 변화가 기대되는 시대였다. 이때 특히 모더니즘 시인들을 중심으로 이루어지는 새로운 시작(詩作)과 시론 활동의 근저에 당대 미술계와의 적극적인 교류가 존재했는데, 김광균의 기억은 바로 이런 시단의 움직임을 이야기하고 있는 것이다.

현대예술 발전의 근간이 된 문학과 미술과의 관련성은 1920년대로 거슬러 올라갈 수 있다. 1920년대 초반에는 『創造』, 『廢墟』, 『白潮』

1.　김광균, 「30년대의 畵家와 詩人들」, 『와우산』, 범양사출판부, 1978.

『靈臺』등의 동인지를 배경으로 미술인과 문인의 활동이 이루어졌으며, 1920년대 후반, 카프(KAPF)에서는 미술인과 문인 공동의 프롤레타리아 문예이론이 추구되었다. 우선 카프(KAPF)에서는 조직의 제1차 방향 전환(1927년)에 따라 창작 방법론으로 리얼리즘이 대두하였고, 대중의 의식을 깨운다는 목적 하에 서구의 구성파, 표현파, 미래파의 작품 경향 등 다양한 미술사조가 받아들여졌다. 또한 대중화론의 일환으로 표현매체는 부르주아적 이젤보다는 포스터, 삽화, 신문 만화 등이 선택되었다. 이후 제2차 방향전환(1930)부터는 사회주의 리얼리즘을 기조로 하는 작품들이 판화형식으로 제작되었다. 카프의 문예이론과 활동은 주로 문학을 중심으로 전개되었으며, 카프의 미술인들은 동일한 이념을 지향하면서 주로 문학부와 연극부를 지원하는 방식으로 그 관련성을 지속시켰다.[2]

1920년대 초반 동인지 『창조』, 『폐허』, 『백조』, 『영대』등은 문학과 미술, 작가와 화가의 정신적 상동성을 인식하고, 그 교류를 의식적으로 추구하려 했다는 점에서 1930년대 문학인과 미술인이 추구했던 현대예술미학의 단초를 보여준다. 이 문예지들을 창간한 김동인, 염상섭 등은 모두 일본 유학생들인데, 이들은 서구 예술의 다양한 사조를 수용하여, 확장한 일본 예술계의 분위기를 경험하고 귀국한 문인들이었다. 이들은 종합예술의 이상과 예술의 미에 대한 인식 등 이전과는 다른 미학적 관점에서 예술에 대한 관점을 유지시켰다.

1900년대 이후 일본 예술인의 인식은 유럽의 예술정신인 낭만주의와 '예술을 위한 예술' 정신을 토대로 개인주의와 유미주의적 특성을 지니고 있었다. 즉 1900년대 초반 메이지 40년대 이후부터 다이쇼 초기의 일본 예술계는 자유주의와 개인주의가 유행하면서 봉건적이고 고답적인 예술을 대체하는 새로운 미학이 탄생하는 시기였다. 특

---

2.   기혜경, 「1920년대의 미술과 문학의 교류 연구: 카프 형성과정을 중심으로」, 『한국근대미술사학』 8권, 2000.

히 이 시기 일본 문예계는 미술과 문학의 교류 및 상관성이 높아졌는데, 다양한 예술 잡지 발행을 통해 문학과 미술의 본질적인 관련성을 탐구하고자 했다. 이와 같은 예술의 분위기는 문학과 다른 예술 장르의 통합적 이해에 이르려 했던 서구 낭만주의와 정신사적 측면에서 맞닿아 있었다.

　　서구 예술사에서 낭만주의 미학은 예술 장르의 상호 관련성과 예술의 통합성 안에서 현대예술의 상상력과 독창성을 발견했다. 낭만주의에서 추구한 문학과 미술을 중심으로 하는 종합예술에의 이상은 동·서양 예술의 역사에서 예술 장르의 상호관련성, 특히 문학과 미술, 시와 그림이 융합된 형태의 예술 작품으로 창작되어 왔다. 고대 그리스에서는 미술작품의 특징이나 주제를 운문으로 표현한 형상시가 창작되었고, 외부 사물의 형태나 모양을 표현하는 형태시 역시 존재했다. 호머 역시『일리아드』에서 형상 서술 기법을 사용했는데, 이는 로마 후기 에크프라시스(Ekphrasis)로 이어져 전통적 형상서술의 기원이 되었다. 좁은 의미로는 예술 서술, 넓은 의미로는 문학적 서술 기법까지를 포괄하는 이 용어는 예술사에서 문학과 미술의 원천적인 상관성을 뒷받침하는 역사적 근거가 되면서 현재까지 문학의 구상적 표현양식을 대변하는 기본 개념이 되었다.

　　이러한 예술적 전통 속에서 고대 그리스 시인인 시모니데스(Simonides von Keos, B.C. 556-468)는 '그림은 말없는 시, 시는 말하는 그림'이라는 간명한 언급을 통해 시와 그림의 혼합 장르적인 특성을 밝혔는데, 로마의 시인 호라티우스(Horace) 역시『시학 *Art of Poetics*』에서 '시는 그림처럼'이라고 시와 그림의 상호관련성을 이야기했다. 동양 시학에서도 '詩·書·畵 일치론'은 문학과 회화의 상관관계를 잘 보여주는 전통적인 종합개념이다. 이런 전통 속에서 문학과 미술의 상호 관련성은 '詩中有畵'와 '畵中有詩'라는 말로 자연스럽게 인식될 수 있었다.

　　이처럼 혼합장르적인 특성을 가진 문학에 대한 탐구는 특히 독일

문예미학에서 심도 있게 이루어졌다. 프리드리히 슐레겔은 낭만주의 문학은 여러 장르의 혼합을 추구하여 낭만적 통일을 이루는 통합 형태를 지향한다고 말하면서 '문학은 말로된 음악이며, 회화이다'라며 문학이 음악과 미술 등 모든 예술을 통합한다고 주장했다. 즉 낭만주의 예술가들은 하나의 예술을 다른 예술을 통해 설명하거나 또는 다른 예술에로 이끌어 가려고 하거나 아니면 다른 모든 예술과 통합하려 노력했다.[3] 이런 노력은 우리가 살고 있는 세계와 삶 자체를 낭만화하려는 열정으로 드러나는데, 이는 근대적 삶의 분열들을 극복하고 문화의 통일성 회복에 대한 이상(理想)과 맞물려 있다.[4]

이와 같은 낭만주의적 관점에서 미술과 문학의 교류를 통해 종합예술에의 이상을 구현하려 했던 일본 예술계의 경향을 단적으로 드러내주는 것이 바로 종합문예지의 발간이었다. 특히 『묘조(明星)』(1900)와 『시라카바(白樺)』(1910)는 문학과 미술의 공조체제 속에서 일본 현대예술 발전에 촉매제가 되었을 뿐만 아니라 일본에 유학 간 한국 유학생들에게도 문학-미술 종합예술에 대한 실질적인 구현으로, 또 예술을 표현할 수 있는 매체로서의 모델을 제시했다.

당시 일본에서는 화가 후지시마 다케지(藤島武二, 1867-1943)와 아오키 시게루(靑木繁, 1882-1911)가 메이지 낭만주의 회화를 이끈 거장이었는데, 후지시마는 1901년부터 낭만주의 문학의 거점이었던 잡지 『묘조』와 깊은 관련을 맺으면서 문학적 상상력을 자신의 미술세계에 수용했다. 『묘조』는 '문학미술 전문 잡지'임을 내세우고 잡지의 외관이나 형식 등에 묘조 스타일을 만들어 내면서 예술계에 큰 반향을 일으켰다.

『창조』의 발간자인 김동인은 화가 김관호와 함께 일본 유학 후 명

---

3. 윤태원, 「예술의 상호해명에 관한 역사적 고찰: 빙켈만에서 낭만주의까지」, 『독일문학』 89권, 2004.

4. 프레더릭 바이저, 『낭만주의의 명령: 세계를 낭만화하라』, 김주휘 옮김, 그린비, 2011, 51면.

그림 6 후지시마 다케지(藤島武二), 〈덴표시대의 모습(天平の面影)〉, 1902.
후지시마 다케지는 낭만적 정취가 풍부한 고대의 소재를 채택함으로써 메이지 시대 낭만주의의 향
수와 멜랑콜리를 재현하고 있다. 이 작품은 '수하미인도(樹下美人圖)'와 담장을 배경으로 서 있는
형식을 사용하여 미인도의 전형성을 보여주는 작품으로 메이지 낭만주의를 대표하는 작품이다. 여
인의 표정이나 공후인을 들고 있는 자태 등이 우아함과 평화로움을 불러일으킨다. 후지시마 다케시
는 잡지『묘조』에도 독특한 디자인 감각을 바탕으로 낭만적 분위기를 반영한 장식성을 드러냈다.

그림 7 김관호, 〈해질녘(夕暮)〉, 1916.

김관호는 1916년에 동경미술학교 양화과를 수석으로 졸업했으며 같은 해, 졸업 작품이었던 인상주의 화풍의 〈해질녘〉이 문부성 미술전람회의 특선이 되었다. 일본 학생을 제치고 조선의 유학생이 수석 졸업 및 관전 특선의 영광을 얻은 것에 대해 이광수는 '조선화가의 처음 얻는 영예'(《매일신보》, 1916.10.20.)라는 제목의 글로 미술적 천재 김관호를 소개하였다. 그러나 김관호는 귀국 후 개인전을 개최한 뒤 1920년대 이후 모든 활동을 접어 천재적 화가의 미술활동을 더 이상 볼 수 없었다.

치학원에 입학했다. 이후 김관호는 동경미술학교로 김동인은 가와바타(川瑞) 미술학교로 옮겼다. 이때 김동인은 가와바타 미술학교에서 『묘조』의 일원이었던 후지시마 다케지에게 직접 미학과 미술사 강의를 듣고 미술과 문학의 결합 가능성을 생각하게 되었다. 그리하여 그는 화가 김관호와 김찬영을 동인으로 문예지 『창조』(1919)를 창간한다. 김동인은 당시 천재적 화가였던 김관호(金觀鎬, 1890-1962)를 『묘조』의 후지시마가 그러하듯 『창조』의 화가로 자리매김하고 싶었다.[5] 그러나 김관호나 김찬영 등은 문학·미술전문지를 통해 현대적 예술미학을 창조하려는 김동인의 소망에 적극 참여하지 않은 것 같다. 그들은 1920년대 초반을 넘기면서 화가로서도 뚜렷한 활동을 하지 않았다. 중요한 미술인이 빠진 문예잡지가 문학미술의 상호교류의 장(場)이 되기 위해서는 종합 예술의 꿈에 동의하는 예술가들을 기다릴 필요가 있었다.

---

5. 김복기, 「근대 한국미술사와 문학의 만남」, 『월간미술』, 1996. 12.

시와 회화의 만남과 현대미학의 탄생

1920년대를 거쳐 1930년대는 문학사 속에서 미술과 문학의 관련 정도가 가장 강력했던 시대로 평가할 수 있는데, 문인과 미술인의 교류, 그리고 다양한 회화의 경향 및 예술사조의 유입 및 향유가 두 예술 장르의 상호관련성을 높이는 데 중요한 자양분이 되었다.

문인과 미술인의 교류는 식민지 지식인으로서 당시 고보를 함께 다녔던 시기와 일본에 유학하던 시절, 그리고 귀국 후 활동하는 과정에서 자연스럽게 이루어질 수 있었다. 고보 시절 그들은 학교 내의 문예단체를 통해 교류할 수 있었으며, 일본 유학시절에는 구본웅을 제외하고는 거의가 동경미술학교를 나왔기 때문에 1920년대 이후 동경으로 유학 간 문인들과 미술인들은 자연스럽게 만날 수 있었다. 귀국 후에는 교편을 잡거나 언론사나 출판사 취직 등을 통해 만날 수 있었지만 실제적으로 일자리가 많지 않았으므로 그들은 주로 카페나 다방을 중심으로 교류하면서 예술에 대한 자신들의 공동체 의식을 키워나갈 수 있었다.

지금의 소공동(당시 장곡천정)에 김연실이란 배우가 하던 '낙랑'다방에서 만나자 하여 가서 기다렸더니 헬멧 모자에 반바지 스타킹 스타일로 '아프리카에 간 리빙스턴 박사' 같은 그가어둑어둑할 무렵에야 나타났다. 다방 문이 닫힐 때까지 서너 시간 이야기를 하고 헤어졌는데 자세한 것은 다 잊어버렸고 기억에 남는 것은 파리를 중심으로 화가와 시인들이 모여 같은 시대정신을 지향한 한 공동 목표를 세우고 한 떼가 되어 뒹굴며 운동을 한다 하며 구체적인 예를 많이 들었다. 자신은 그중에서 '블라맹크' 그림의 모티브인 현대의 위기 감각을 높이 평가한다는 이야기, 아직 작품 발표는 적으나 오장환이란 신인이 주목된다는 이야기 등등이었다. 그리고 화가로는 김만형, 최재덕, 이쾌대, 유영국 같은 사람들의 이름을 들며 가까운 시일에 소개해 주겠다는 이야기를 하고 헤어졌다.[6]

김광균의 기억 속에 등장하는 '그'는 다름아닌 김기림이다. 당시 모더니즘 이론을 이끌어 가던 김기림과 김광균의 대화가 파리를 중심으로 한 화가와 시인들의 모임과 그들의 예술적 정신이었음이 흥미롭다. 인용문에 등장하듯 동경미술학교 출신인 미술가 이순석이 경영하던 '낙랑팔라'와 그것을 인수받아 여배우 김연실이 경영하던 '낙랑'은 모더니즘 문인의 '구인회' 동인들과 미술인의 모임 '목일회' 계열 화가들의 본거지 역할을 하였다. 또 오장환이 경영하던 '남만서방' 역시 문인들과 화가들의 모임이 이루어지는 아지트 역할을 하였다. 이들 문인들과 미술인들은 이런 교류를 통해 예술에 대한 유사한 감수성과 문제의식을 공유할 수 있었다.

K군과 나—무론 그 사상과 입장과 그러한 것은 아직 미지수다. 그러나 두 사람은 다 현금의 기성 예술에 대하여 말할 수 없이 큰 불만이 가슴에

---

6.   김광균, 「30년대의 畫家와 詩人들」, 앞의 책.

서리어 있으며 그것하고는 도무지 타협할 수 없는 새로운 경지—인류의
새로운 보화로 풍부한 명일의 지평선을 향하여 어린 혼을 태우고 있다
는 점이 모든 모순을 멀리 초월한 굳센 유대이며 공통점이다.[7]

위의 글에서 K군으로 등장하는 화가와 김기림은 당대의 예술 경
향에 대해 불만을 갖고 있으면서 현재의 기성예술과는 타협할 수 없
는, 새로운 미래지향적인 예술을 소망하고 있음을 알 수 있다. 김기
림의 이런 바람은 1933년 구인회의 발족[8]을 통해 가시화되었으며 모
더니즘 시인들과 자주 회합하던 미술인들 역시 목일회를 조직함으로
써 그들의 예술적 이상을 구체화 시켰다. 특히 '조용히 좋은 작품을 쓰
면서 서로 작품 평을 해주고 새로 읽은 작품들에 대한 의견을 교환하
자'는 소박한 원칙을 내세우면서 출발한 구인회[9](1933)는 화업의 연마
와 교우의 친목을 도모함을 목적으로 하는 목일회[10](1934)와 많은 공
통점을 지녔다. 그들 동인들은 모두 기성예술에 반발하여 순수예술

---

7.   김기림, 「오후와 무명작가들」, 《조선일보》 1930. 4. 28-5. 3.

8.   구인회(九人會)는 1933년 8월, 결성된 문인 단체이다. 이종명, 김유영, 이효석, 이무
      영, 유치진, 조용만, 이태준, 김기림, 정지용 등 9명이 창단멤버이다. 후에 이종명, 김
      유영, 이효석이 탈퇴하고 박태원, 이상, 박팔양이 들어왔다. 1935년을 전후하여 유치
      진, 조용만이 탈퇴하고 김유정, 김환태가 가입하여 구인회를 유지한다 "순연한 연구
      의 입장에서 상호의 작품을 비판하며 다독다작하는 것"을 목적으로 표방한 문학 친
      목 단체로 출발했으나, 문단의 순수문학과 모더니즘을 선도하는 모임으로 자리매김
      되었다.

9.   조용만, 「구인회 이야기」, 『30년대 문화예술인들』, 범양사출판부, 1988.

10.   목일회(牧日會)는 1920년대 말에 새롭게 등장한 화가들로 1934년에 구성된 동인단
      체이다. 김용준, 이종우, 이병규, 김응진, 송병돈, 황술조, 구본웅, 길진섭, 김환기 등
      주로 동경미술학교 출신으로 구성된 이 모임은 자신들의 예술관을 대외적으로 공표
      하지 않았으나 당시 기성세대가 대변하는 아카데미즘과 목적론적 예술관을 거부하
      며 반아카데미즘 및 신경향을 표방하는 순수 예술론을 주창했다. 이들의 화풍은 대
      체로 일본화한 사실주의와 자연주의의 보편적 풍조를 따라 저항성이 크게 표출되지
      않았으나, 구본웅을 중심으로 야수파와 초현실주의 등 서양 사조를 직접 모방한 과
      감한 형식도 때때로 추구되었다.

을 지향하고 있으며 형식의 중요성을 강조하고 있다. 목일회와 구인회를 중심으로 한 화가와 시인들은 특별한 교우관계를 만들기도 했는데, 잘 알려진 이상과 구본웅을 비롯하여 이태준과 김용준, 그리고 김만형, 최재덕과 김광균, 신홍휴와 오장환 등이 각별한 사이였다. 이런 교류 속에서 김만형은 김기림의 시집『태양의 풍속』과 김광균의 시집 『와사등』의 표지를 만들어 주기도 했다.

　　김광균의 기억에 의하면 자신은 고흐의 〈수차가 있는 가교〉[11]를 보고 두 눈알이 빠지는 것과 같은 감동을 느꼈다고 한다. 그는 물론 화집을 통해 그 그림을 보았다. 어떤 매력이 그에게 이런 감동을 가능케 했던 것일까. 이런 감동은 비단 김광균에게만 국한된 것은 아니었다. 김기림, 오장환, 서정주, 이봉구 역시 마찬가지였다. 이들은『세계미술전집』이나『인상파 이후의 화집』등을 함께 보며 현대 미술사조의 정신과 기법에 대해 논의하기도 했다.

> 매일 같이 모여 시와 그림 이야기를 한 것은 아니지만 여러 해 지나는 동안에 화가의 작품에 시가 담기고 시인의 시에 회화의 모티브가 반사된 것으로 생각된다. 한 시대를 함께 살아가던 공동운명체라 할까?[12]

　　이처럼 김광균의 기억 속에서 화가와 시인들은 서로의 세계에 영향을 주면서 예술을 발전시키고 있는 것으로 그려지고 있다. 실제로 시인의 입장에서 화집에 펼쳐진 서구의 풍경과 인물들은 그들의 미학적 감수성을 자극하는 강력하고도 새로운 현실로 작용했을 것이다. 현대적이고 새로운 감수성에 목말라하던 그들에게 화집은 새로운 미학적 체험의 원천으로 의미화되었다. 따라서 시인들의 시 정신과 시

11.　이 그림은 고흐가 그린 〈아를의 도개교(Langlois bridge)〉 연작 중의 하나로 보인다. 일본 화집에서 이렇게 번역한 것으로 생각된다.

12.　김광균, 앞의 글.

의식에 그들이 보았던 그림의 화풍이나 그가 좋아하는 화가의 특징들이 알게 모르게 스며들어 있음은 자연스러운 일이었을 것이다.

언급했듯 고흐의 〈수차가 있는 가교〉를 보고 전율을 느꼈던 김광균의 시에는 인상주의의 영향이 짙게 배어 있다. 또한 블라맹크와 같은 야수파를 좋아했던 김기림은 자신의 시론과 시「기상도」를 통해 원시성과 건강성을 표현하고자 했다. 뿐만 아니라 이상은 초현실주의 화가 달리를 좋아했으며 오장환을 통해 화집을 접하고 화가들을 만나게 된, 시골 청년 서정주도 역시 그리스 신화를 모티브로 한 르네상스 시기 회화에 매료된다. 이처럼 한국 현대예술사에서 1930년대 시와 회화의 만남은 전통적으로 내려오던 문학과 미술 일체의 미학과 이념, 그리고 서구 낭만주의적 관점에서의 종합예술에 대한 탐구 등을 본격적으로 작품과 이론 창작의 원천으로 삼았음을 보여준다. 그리고 무엇보다 현대예술에 대한 새로운 상상력과 미학 탐구의 욕망이 다양한 예술 장르에 대한 적극적 관심과 수용으로 이어졌음을 보여준다.

서구의 예술사에서도 많은 문인들과 미술가들은 창조적 만남을 통해 새로운 미학을 탄생시키고, 진정한 예술의 이념을 추구하는데 동행해 왔다. 일반적으로 화가는 문학의 주제에서 작품 구도의 영감을 이끌어내고, 시인은 자신의 주제를 회화적 이미지와 같이 심상으로 제시한다. 이런 측면에서 시인과 화가의 예술적 교류의 토대가 마련될 수 있을 터인데, 18세기에 이르러서 영국에서는 시인과 화가가 친구가 되어 문화집단을 형성하기도 하였다. 영국 시인들은 이탈리아 미술의 걸작을 직접 보거나 혹은 그 걸작들의 복제물이나 원화를 수집하였다. 화가들을 한곳에 모아 놓은 판테온(Phanteon)이 형성되었으며, 유명한 화가와 작품이 그 시대 교양과 취미에 중요한 영향을 주었다. 19세기 초에 이르러서는 미술감상의 취미가 문화인의 표식이 되었다.[13] 회

---

13. 마리오 프라즈, 『문학과 미술의 대화: 기억의 여신』, 임철규 옮김, 연세대출판부, 1996, 7면.

화 복제물의 고안이 18세기 이후 영국 문화에 끼친 영향은 이후 인쇄술의 고안이 전세계 문학계에 끼친 영향에 필적한다고 하니, 복제된 회화의 이미지-현실이 문학인에게 새로운 세계로 경험되었음을 알 수 있다.

　　문인과 화가의 교류는 19세기 말에서 20세기 초에도 지속되어 서구 예술의 발전에도 지대한 영향을 주었는데, 피카소, 브라크의 큐비즘과 아폴리네르, 호안 미로의 초현실주의와 앙드레 부르통 등 당대 미술계를 이끌던 화가와 시인들은 공통의 예술적 이상과 이념을 중심으로 조직과 단체를 결성하기도 하면서 새로운 예술 미학을 탄생시키는데 함께 뜻을 모았다. 김광균은 이러한 서구 예술의 흐름을 이해하고 있었다.

> 제1차 대전과 제2차 대전 사이에 파리를 중심으로 이루어진 시인과 화가의 교류는 매우 중요한 일이었다. 이 교류는 서로 작품 활동을 통하여 공통된 시대정신을 호흡함으로써 그림은 詩에, 詩는 그림에 영향을 주면서 함께 성장한 것 같다. 두 개의 피리가 한 곡조를 불고 있었다. 이러한 조류는 동양의 한 귀퉁이 서울에도 밀려와 시인과 화가는 명동 다방과 대폿집에서 머리를 맞대고 인쇄된 구라파 그림을 놓고 매우 흥분하며 떠들어댔다. 그러한 연유로 나는 많은 화가들과 사귀었는데 손응성, 이규상, 최재덕, 김만형씨는 그 무렵 사람들이다.[14]

　　서울의 시인들에게 서구 미술 작품, '인쇄된 구라파 그림'이 가져다 준 흥분이란 어떤 것이었을까. 이는 그들이 추구하는 문학의 한 세계에 대한 시각적 재현을 의미하기도 했고, 한편으론 현실에서 경험할 수 없는 새로운 세계의 재현이기도 했다. 김광균의 언급을 미루어 짐

14.　김광균,「畫家·畫商·畫族」, 앞의 책.

작하면 1930년대 시인과 화가들 역시 당대 서구에서 이루어지고 있는 두 집단의 교류에 관심을 갖고 있었고, 실제 식민지 조선에서도 현대예술의 발전을 위해 '두 개의 피리'가 필요했음을 인식하고 있다. 그리고 이들이 생각하는 교류란 공통된 시대정신과 이에 대응하는 예술의 정신과 원리, 상상력을 의미함을 알 수 있다.

1930년대 문인들이 회화에 보인 관심은 화가와의 교류에 의해서뿐만 아니라 근대 미술과 관련된 전시, 매스컴의 기획 기사, 서구 화집의 유통 등 보다 광범위한 사회문화적 장(場) 안에서 이루어졌다. 이미 1920년대부터 《동아일보》, 《조선일보》 등의 신문과 『개벽』 등의 잡지를 통해 후기 인상주의를 포함하여 20세기 초 미래파, 입체파, 야수파 등의 전위 미술운동이 소개되기 시작했다. 주로 소개된 작가들은 마티스, 루오 등의 야수파와 피카소, 반 동겐, 페르낭 레제 등 주로 20세기 현대예술가들이었다. 이런 사회, 문화계의 움직임은 일반 대중은 물론 당대 문인들에게 미술적 감수성을 충분히 전달할 수 있었다. 그리고 미술전 개최에 주목할 수 있다.

1922년부터 조선총독부가 주최하는 '조선미술전람회'와 이에 대응하는 앙데팡당 성격의 '협전'이 정기적으로 개최되어 국내 미술가들이 전시에 참여했고 당대 문인들 역시 이를 관람하고 비평문을 발표하기 시작했다. 김기림의 경우 조선미전의 관료주의를 비판하는 한편 구본웅이 출품한 〈실제〉라는 작품의 경향이 조선미전의 화풍에 대항하고 있음을 강조한다.[15] 이때 김기림이 주목했던 화가들이 이후 구인회와 밀접한 관계를 맺게 되는 목일회의 동인들이 된 것을 보면 김기림과 이 화가들의 예술적 지향의 공통성을 유추할 수 있다. 한편 화가가 되고 싶었던 이상은 직접 조선미전에 자신의 작품 〈자화상〉을 출품시켜 입선하였고 이를 계기로 평생의 지기였던 화가 구본웅을 만나

---

15. 김기림, 「협전을 보고」, 《조선일보》 1933. 5. 6.

게 되었다.[16] 이처럼 시인들의 미술에 대한 관심은 미전 관람과 그 감상을 밝히는 일로 드러나는데, 30년대 화단과 밀접한 관련을 갖고 있었던 오장환의 경우는 해방정국 이후, 사회주의 예술의 관점에서 미전을 참관한 평문을 본격적으로 개진하기 시작했다.[17] 한편 김광균은 이중섭에 대한 관심을 꾸준히 유지시키면서 한국전쟁 이후 이중섭전의 개최를 돕고 그가 죽고난 후에도 그의 작가적 명예를 지키기에 힘쓴다. 이는 시인들에게 30년대 화단과의 교류와 그 영향이 지속적으로 영향을 주고 있었음을 확인시킨다.

서구의 현대예술이론이 수용되는 1920년대부터 1930년대는 서구 미술 운동과 이론 역시 시인들에게 자연스레 받아들여졌다. 이들은 대부분 새로운 미학을 찾아가는 돌파구로 전위적인 미술운동과 이론에 심취했었기에 늘 회화는 시보다 앞서 현대예술의 진면목을 보여주었다.

> 시는 새로운 어법을 다듬고 상징주의의 황혼을 벗어난 문명의 리듬을 타려고 애를 썼으며 기차소리와 공장의 소음, 도시의 애수와 울부짖음 속에서 회화를 찾으려 하였다. 그런데 30년대의 회화는 어느 의미로든 시보다 조숙하였다. 시는 그림과 함께 호흡하면서도 앞서가는 회화를 쫓아가기에 바빴고 이런 무형의 운동은 그 운명이 오래가지도 못하였다.[18]

근대 시인들은 회화를 통해 새로운 세계를 경험했으며, 전혀 낯선 언어와 상상력을 만났다. 기존의 관습과 제도에 대한 반항을 꿈꾸었으며 새로운 문법을 만들 수 있었다. 김광균의 기억대로, 일제의 파시즘적 억압의 강화로 일체의 예술 활동이 위축되면서 자발적이고 자유

---

16. 고은,『이상평전』, 향연, 2003, 183-188면.
17. 오장환,「조형미전소감」,《중외신보》, 1946. 5. 21,「새인간의 탄생」,『백제』, 1947. 2.
18. 김광균,「30년대의 畵家와 詩人들」, 앞의 책.

로운 움직임은 소멸의 길을 걸었지만 1930년대는 문학과 미술이 종합예술에의 낭만적 이상을 품고서 현대예술의 새로운 미학을 정립하려 했던 예술사의 한 지점이었음은 명백하다.

종합예술의 꿈과 문예지의 출현

김동인과 『創造』, 문학과 미술 교류의 토대

1920년대 전후는 현대예술의 초석을 놓는 데 중요한 의미를 갖는 시기였다. 19세기말부터 근대 학문을 배우기 위해 일본으로 떠났던 유학생들은 서구 현대예술 이론과 개념을 조선 예술의 장(場)안에 수용하여 새로운 방식으로 근대 예술을 정립하고자 했다.『創造』나『廢墟』,『靈臺』등의 동인지들이 중요한 이유 역시 유학생들로 구성된 예술인들이 자신들이 이해하고, 지향하는 현대예술의 개념과 방향을 동인지라는 매체를 통해 실현하려 했기 때문이다.『창조』나『폐허』,『영대』는 김동인, 염상섭 등을 중심으로 주로 문학 중심의 문예지로서만 논의되어 왔는데 실상 이 문예지들은 모든 분야의 예술을 지향하고 있었다. 특히 미술을 비중 있게 다루면서 화가들을 동인으로 참여시키는 등 미술과 문학의 공조 속에서 매체를 통해 근대 예술의 향방을 고민했다는 점에서 근대문학사에서 문학과 미술의 상호 교류의 토대가 되었다.

『창조』는 1919년 2월 동경에서 유학하고 있던 김동인, 주요한, 전영택, 김환, 최승만 등 다섯 사람에 의해 창간되었다. 이중에서 김환은 김동인이 다녔던 가와바타(川瑞) 미술학교를 졸업한 화가로『창조』 4호와 5호에 걸쳐「美術論」을 게재하기도 했다. 이 글에서 김환은 미술이 우리가 익히 알고 있는 것처럼 여기(餘技)와 한량에 그치는 것이 아니라 미술이 문명개화와 관련된 것임을 역설한다. 美術이 學術과 마찬가지로 진리를 추구하는 것이며, 회화는 시각적 모방을 중심으로 하는 상형문자와 같기 때문에 일종의 세계어로 이해할 수도 있음을 강조한다. 이런 논의를 통해 그는 문명을 개화하고, 예술에 무지한 대중들을 계몽할 수 있으리라 생각했다. 김환은 서구 미술의 다양한 경향들을 공부하고, 또 20세기 초 회화의 흐름에 주목하면서 미술이 새로운 문명과 문화의 근원이 될 수 있다는 점을 이해하고 있었던 것 같다. 김환의 이러한 생각은『創造』를 통해 새로운 예술의 세계를 건설하려는 동인들의 생각과 일치했다.

문학-미술의 종합문예지로서『創造』는 문인으로는 김동인, 화가로는 김찬영이 중심에서 미술과 문학의 종합지를 추구했으나 미술인들의 참여가 실제 큰 비중을 차지하지는 못했다. 김환은 책의 인쇄와 출판 등을 도맡아 해결하는 역할을 했으나 미술이나 문학에 큰 두각을 나타내지는 못했다. 김동인은 천재 화가로 명성을 알린 김관호를『창조』의 동인으로 1919년 8월에 영입하고 그에게 표지화나 본문 삽화 등을 요구했지만 그 뜻은 매번 이루어지지 않았다. 이후 김관호는『영대』에 다시 동인으로 참여하지만 역시 이때도 가벼운 드로잉을 그렸을 뿐 적극적으로 참여하지 않았다. 김동인과 김관호, 김찬영은 모두 평양의 부호 집안의 출신으로 1910~20년대 평양 문화예술계를 이끈 선구자들이었고, 서로의 친분도 두터웠다. 그러나 김동인이 소설을 통해 꾸준히 한국 근대예술 발전에 참여했던 것과 달리 김관호와 김찬영은 1920년대 이후 이렇다 할 활동을 보이지 않았다.

김찬영은 고희동, 김관호에 이어 1917년 동경미술학교 서양학과를 졸업했다. 그는『창조』,『폐허』,『영대』등 다수의 문예지에 참여하

그림 8 『창조』 8호 표지화, 1921.
김찬영은 새와 짐승과 사람이 보조를 맞추어 해뜨는 곳을 향하여 가는 것을 '평화'로 재현하였다.
평면적인 문양의 반복이나 장식적인 화풍은 『창조』 창간호부터 사용된 아르누보 양식을 계승한 것
으로 보인다.

여 문학인들과의 교류를 넓혔고, 김동인과 염상섭의 신시 논쟁이나
김억의 번역 시집 『오뇌의 무도』에 대한 서평을 쓰는 등 문학적 재능
역시 발휘한 화가이다. 그는 『창조』 8호와 9호의 표지 장정을 맡았는
데, 이 표지들은 그 이전 『창조』와 확연한 차이를 보임으로써 문학과
미술의 공조 체제를 표면화했다. 김찬영은 자신이 유학하던 시절 동
경에서 보았던 『묘조(明星)』과 『시라카바(白樺)』 등 문학-미술 종합문예지
의 특성을 잘 파악했고 이를 『창조』에 반영했던 것으로 보인다.

　메이지(明治) 40년대(1900년대) 및 다이쇼(大正) 초기의 일본 예술계는
자유주의와 개인주의에 기반하여 봉건 사상 및 고답적인 예술 등에
저항하는 유럽의 예술정신이 이입되는 시기였다. 화단의 경우 인상주
의 이후 반아카데미즘을 표방하는 젊은 화가들이 귀국하여 후기 인
상주의 화풍이 시작되었다. 또한 문단에서는 낭만주의의 폭넓은 토대
위에서 자연주의와 대립되는 유미주의, 인도주의, 신현실주의 등이 유
행하고 있었는데 이 시기가 일본 문예계에서 미술과 문학의 교류 및
상관성이 높아지는 시기로 다양한 문예지가 발행되면서 현대예술이

발전하였다.

1920년대는 조선의 유학생들이 낭만주의적이고 유미주의적인 일본의 화단과 문단의 교류상을 체험하고 조선으로 돌아온 때이다. 이들은『묘조』와『시라카바』등에서 경험한 문학과 미술의 교류를 조선의 예술에서도 실현하고 싶어했다. 김동인이 바로 그런 유학생 중의 하나였다. 그는『묘조』에 참여하여 메이지 낭만주의 미술의 중심에 있었던 화가 후지시마 다케지(藤島武二)에게 가와바타 미술학교에서 직접 미학과 미술사 강의를 들으면서 미술과 문학의 결합 가능성을 생각했으며,『묘조』와『시라카바』와 같은 문예지를 창간하고자 했다. 그것이 바로『창조』와『영대』로 실현되었다.[1]

『묘조』는 서양 회화에 대한 관심에서 출발한 문예지(1900년)로 시와 미술을 중심으로 잡지가 구성되었다.『묘조』의 표지화 및 삽화, 컷 등은 후지시마 다케지(藤島武二) 등 당대에 유명한 서양화가가 그렸으며 매호마다 서구 회화 소개와 신진 화가의 작품을 실었다. 특히 후지시마의 아르누보 화풍의 낭만적 도안은『묘조』를 알리는 데 기여하여 잡지의 발행부수는 5,000부를 넘을 때도 있었다고 한다. 후지시마가 선보인 아르누보(Art Nouveau)는 19세기 말에서 20세기 초에 유럽 각지와 미국, 남미에 이르기까지 유행한 양식으로 '새로운 예술'을 의미했다. 아르누보는 나라마다 강조하는 특성과 부르는 명칭이 달랐다. 영국, 미국, 러시아에서는 모던 스타일(Modern Style), 독일에서는 유켄트스틸(Jugendstil) 등으로 불리는 이 양식은 처음 독일 화상 지크프리트 빙(Siegfried Bing)이 1895년 파리에 문을 연 메종 드 아르누보(Maison de L'Art Nouveau)라는 화랑 이름에서 유래했다. 이 화풍은 19세기 아카데미 예술의 반작용으로 자연물, 특히 꽃이나 식물 덩굴에서 따온 장식적인 곡선을 특징으로 삼고 있다. 아르누보 예술가들은, 예술가가 건축에

---

1.   김윤식,「문학사와 미술사의 만남: 김동인과 김관호」,『김윤식 문학평론選』, 문학사상사, 1991.

그림 9 영국의 윌리엄 모리스(William Morris, 1834~1896)
가 아르누보 양식으로 디자인한 초서의『캔터베리 이야기』. 모리
스는 말년에는 '켈름스코트 출판사'를 설립(1891)해서 이상적
이고 아름다운 책을 만드는 일에 혼신을 쏟았다. 책 표지의 장정
에서 활자 디자인, 레이아웃까지 치밀한 작업은 마치 건축과 다
름없었다. 1896년 만들어진『초서 작품집』은 세계 3대 아름다운
인쇄본 중 하나로 찬양받고 있다.

서 가구까지 삶의 예술에 관한 모든 부분에 대해 작업해야 한다고 주
장한다. 이런 의미에서 아르누보는 이전의 회화와는 다른, 새로운 경
향을 추구하는 화풍이었다.

낭만주의와 유미적 예술주의에 심취해 있던 김동인과 김찬영에
게『묘조』가 보여주는 아르누보 화풍은 매력적인 것이었으리라 생각
된다.『창조』창간호부터 보이는 표지의 띠 도안과 문양은 아르누보
화풍에서 자주 사용하던 꽃과 곡선을 반복적인 문양으로 만들어 사용

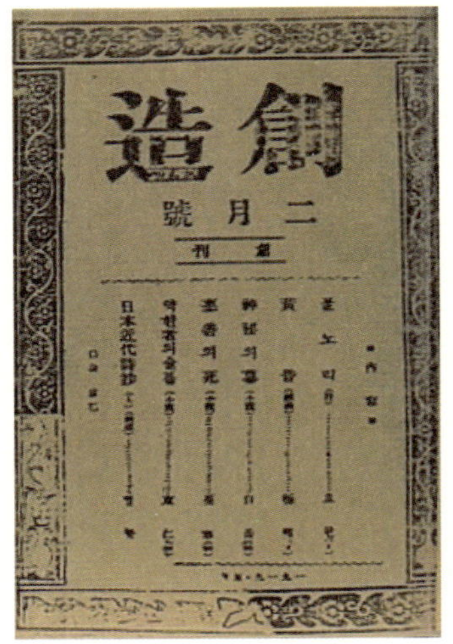

그림 10 『창조』창간호 표지

한 것이다.

『창조』의 동인은 4호 후기에서 새로운 잡지를 만들기 위해 고민했다고 적고 있는데, 이는 아마도 문학과 미술의 종합 잡지로서의 취지를 다시 살리고자 한 것은 아니었나 생각한다. 4호에서 처음으로 김환의 「미술론」이 등장하기 때문이다. 그러나 김환의 이론이 일반적인 미술론이었음에 비해 김찬영은 『창조』 8호에 「현대예술의 對岸에서: 회화에 표현된 포스트임프렛쇼니즘과 큐비즘」을 발표하여 본격적으로 19세기 말에서 20세기 초에 이르는 서구 미술의 흐름과 그 특성을 소개한다. 그는 후기 인상파나 입체파와 같은 현대예술의 생명이 주관적 감각의 작용과 그것의 표현으로부터 성립되는 것임을 설명함으로써 작가의 주관과 표현을 강조했다. 김찬영이 이해한 예술사조의 특성은 바로 『창조』의 동인 김동인이 지향한 유미주의적 예술과도 그 맥락을 같이하는 것이기도 하다. 『창조』의 동인들은 예술의 독자성, 미적 가치의 우월성 등을 통해 현대예술의 개념을 정립하고자 했다.

한편 동인이었던 소설가 전영택 역시 김찬영의 예술론에 공감하듯 같은 호에 발표한 소설 「독약 마시는 여인」이 미래파와 인상파를 섞어서 써보려는 시도 속에 나온 작품임을 밝히고 있다. 김찬영 역시 9호에서 전영택의 문학적 실험 정신을 높이 사고 있는데, 이런 과정 속에서 문학인과 미술인은 서로의 미학을 이해하게 되고 소통할 수 있었으리라 생각한다. 『창조』의 발간이 지속되었다면 이들의 교류는 보다 심화될 수 있었을지 모르겠으나 『창조』는 9호로 종간한다. 이후

『창조』의 후신인『영대』나『백조』,『폐허』등은 문인과 미술인 동인체제를 유지하면서『묘조』나『시라카바』등과 내용이나 편집, 표지, 구성 등에서 유사성을 보이면서 문학과 미술의 종합적 성격을 유지하려 노력하였다.

　　한편『창조』가 발간되고 9일 후, 동경에서 또 하나의 문예지가 발간되었는데, 음악, 미술, 문학 등 세 분야를 아우르는 순수문예지『三光』이 그것이다. 이 잡지의 발행인 겸 편집인은 홍난파였고 주로 글을 발표했던 문인은 소설가로는 염상섭, 시인으로는 황석우였다. 당시동경음악학교에 재학 중이던 홍난파는 동경 조선 유학생 악우회(樂友會)를 중심으로 유학생들의 글을 모아 잡지를 창간했다. '삼광', 세 가지 빛은 우리 민족을 깨우는 음악, 미술, 문학의 세 빛을 의미하는 것으로 이해할 수 있다. 우선 창간호의「편집여언」에서 이 잡지가 음악, 미술, 문학의 삼종 예술을 주제로 한 순수예술잡지임을 밝히고 있으며, 창간사에서 "우리 조선은 깨는 때올시다. 무엇이든지 하려고 하는 때이올시다. 남과 같이- 남보다 더 낫게 할 것이올시다"라면서 "음악이 우리 인생에 필요하다 함은 다언(多言)할 바가 아니지만은 더욱이 우리나라 사람-사상의 변천기에 있는 이에게는 무엇보다 크고 중요하다"고 역설하고 있기 때문이다. 『삼광』2호에서 염상섭은「三光頌」을 썼는데, '삼광'이란 반도의 바그너이며, 밀레이고, 沙翁(셰익스피어,Shakespeare)으로 칭송하고 있다. 즉 음악, 미술, 문학의 거장들로 비유함으로써 삼광의 미래를 노래했다. 현재 확인할 수 있는『삼

그림 11 『삼광』창간호 표지 바그너의 초상화, 1919.

광』은 세 차례 출간한 3권뿐이다. 미술까지 그들의 잡지의 기획에 포함시키고자 했으나 3권에서 확인한 바로는 음악과 문학 중심의 글, 그리고 바그너와 베토벤 등 작곡가들로 꾸며진 표지를 감안할 때 아무래도 음악적 성격이 강하다.

그럼에도 『삼광』이 의미있는 것은 음악을 중심으로 미술, 문학 등 새로운 현대예술에 대한 인식을 확장하고자 한 움직임이 종합예술로서의 낭만주의의 예술적 이상을 『창조』와 마찬가지로 반영하고 있다는 점, 그리고 동경 유학생들로서 조선 예술의 상황을 타개하고, 민족 예술의 발전까지 염두하고 있었다는 점에서 그 의의가 새롭고 한편으로 문학과 타 예술 장르와의 교류가 지속적으로 문학인에게 새로운 예술적 원천을 경험하는 기회가 되었을 것이라는 사실이다.

『창조』의 후예들, 『영대』와 『백조』

『창조』의 후신이라고 할 수 있는『영대』는 1924년 8월에 창간되어 1925년 1월 5호로 종간했다. 김동인과 김찬영이 주축이었던 이 문예지는 피카소, 마티스, 비어즐리, 코코슈카[2], 반 동겐 등 서구 최신 화가들의 작품을 목판에 새겨 컷으로 사용하고, 목차에는 아르누보 풍의 띠를 둘러 장식성을 높였고 중국 대가의 서체를 사용하기도 했다. 이는 근대와 새로움을 지향하던『창조』에 비하여『영대』가 문학과 미술, 동양과 서양, 옛것과 새것의 사이의 연계작업으로 확장, 변모하고 있음을 드러내는 것이었다.[3] 한편『창조』에 삽화를 싣지 않았던 김관호는『영대』에는 꽃으로 속표지를 장식했는데, 이 그림 역시 식물을 소재로 하면서, 단순한 문양처럼 보이게 한다는 점에서 아르누보적 특

---

2. 코코슈카(Oskar Kokoschka, 1886-1980)는 오스트리아의 표현주의 화가이자 극작가이며, 비어즐리(Aubrey Vincent Beardsley, 1872-1898)는 영국의 삽화가로 장식적인 곡선을 구사한 아르누보적 작품을 제작했다. 반동겐(Kees van Dongen 1877-1968)은 네덜란드 출생의 프랑스 화가로 야수파운동에 참여했다.

3. 김현숙,「김찬영 연구: 한국 최초의 모더니스트 미술가」,『한국근현대미술사학』6권, 1998.

그림 12　김관호, 〈꽃〉, 『영대』 속표지화, 1924.

성을 보인다.

　『영대』는 문예 잡지로 상당히 많은 컷이 사용되었는데, 이는 『창조』에서 꿈꾸었던 미술과 문학의 감각이 살아 있는 잡지 제작이 실현되고 있음을 의미한다. 예를 들어 '세계의 詩庫'라고 소개되는 장에서는 늘 장식적인 문양을 쓰고 있으며, 소설이나 에세이 등이 끝난 여백에 반 동겐, 보나르, 피카소 등의 작품 중 일부를 흑백으로 복사하여 싣고 있다. 작품의 내용과는 무관한 서양화가들의 그림을 삽입한 것은 당대 잘 알려진 화가와 그의 그림을 소개함으로써 문학-미술의 공조체제라는 잡지의 방향성을 분명히 보여주고자 한 것이라 할 수 있다.

　『창조』 이후 문단과 화단의 폭넓은 참여 속에서 출간된 문예지가 『백조』이다. 문인으로는 박영희, 홍사용, 박종화, 노자영 등이 참여하였고 미술인으로는 안석주와 원세하 등이 함께 했다. 이후 문인으로 김기진, 미술인으로는 김복진, 이승만 등이 가담했다. 『백조』는 화가 석영 안석주가 운영하던 광고 및 도안실이자 개인화실인 '문화사'에서 출간되었다. 대부분의 표지와 디자인은 안석주가 맡아서 했는데, 표지의 디자인은 『백조』 문학이 갖는 낭만주의적, 유미주의적 성향과 잘 맞는 것이었다.

　『백조』 창간호의 표지화에서 안석주는 도자기 형태 속에 바다를 배경으로 삼국시대 복장을 한 여인이 나무 아래서 눈을 감은 채 한 손은 턱을 괸 채 생각에 빠져 있는 낭만적이고 우수 어린 인물화를 그리

그림 13 『영대』 4호(1924. 12) 김동인의 소설 「유서」 뒤에 실린 피카소가 그린 스트라빈스키의 초상. 스라빈스키(Igor Fyodorovitsch Stravinsky 1882-1971)와 피카소는 평소 친분이 있었는데, 예술적 경향 역시 비슷했다. 스트라빈스키는 1913년 불규칙적이며 불안정한 리듬으로 발레 음악 〈봄의 제전〉을 작곡했으며, 피카소는 1907년 〈아비뇽의 처녀들〉을 그렸다. 스트라빈스키가 안정된 화음과 리듬을 버렸듯이 파키소는 원근법을 넘어섰다. 아무도 시도하지 않았던 이들의 작품은 충격적이고 혁신적인 것이었다. 당대 서구 예술계의 이런 움직임을 포착하고 있었던 1920년대 조선의 예술인들의 감각이 놀랍다.

그림 14 안석주, 『백조』 창간호 표지화, 1922.

고 있다.[4] 『백조』는 가장 평화롭고 문화가 번성했던 시대로 대변되는 삼국시대에 대한 동경의 마음을 묘사하고 있는데 이는, 이상향을 추구하는 낭만주의 문학의 특성을 반영하고 있다.

한편으로는 『백조』의 이런 경향에서 일본 문예지 『묘조』의 영향을 읽은 것도 어렵지 않은 일이다. 메이지 낭만주의의 대표적인 작품이자, 미술과 문학의 교류를 대변한 결과물인 후지시마 다케지의 〈덴표시대의 모습(天平の面影)〉(그림 6)이 일본 고대 나라(奈良)시대를 추억하며 그린 것처럼 안석주 역시 경주를 중심으로 한 삼국시대에 대한 낭만적 향수를 보이고 있다. 이외에도 잡지의 체제나 그림의 경향에서 『묘조』의 분위기를 폭넓게 수용하고 있다.[5]

그러나 이러한 시도를 통해 『백조』 동인들은 자신들이 발간하는 잡지를 통해 조선의 쇠락한 문화를 고양시킴으로써 새로운 문화 창달에 기여하고자 했다. 이런 노력은 『백조』에만 국한된 것은 아니다. 앞에서 살펴보았듯 『창조』, 『삼광』, 『영대』 등은 모두 서구 예술의 수용과 창안을 통해 조선의 예술을 부흥시키고 이것이 민족 문화의 발전에 기여하기를 소망했다. 1920년대 예술인들은 식민지 하에서 일본

---

4.   여인의 모습은 후지시마 다케지가 그린 〈덴표시대의 모습〉과 유사하다(그림 6).

5.   기혜경은 『백조』 역시 『창조』를 포함한 이전 동인지들과 마찬가지로 일본 『묘조』와 『시라카바』의 영향을 다분히 받았다고 한다, 즉 『백조』 창간호의 표지화, 편집 후기란의 제목이나 운영 등이 닮아 있음을 논구하고 있다. 기혜경, 「1920년대 미술과 문학의 교류 연구」, 『한국근현대미술사학』 8권, 2000.

과 서구의 예술을 경험하면서 근대적이고 민족적인 종합예술에 대한 꿈을 꾸었다. 이런 소망이 그들만의 매체인 다양한 문예지의 발간으로 이어진 것이다. 이들의 성과를 바탕으로 1930년대 문학과 미술의 교류는 보다 심화 확장될 수 있었다.

전통 재인식을 통한 현대예술의 창안『문장』

『문장』(1939)은 문학과 미술의 종합지적 성격을 가진 매체로 1930년대 말에서 1940년대 초반에 이르기까지 중요한 문화의 장(場)이었다.『문장』은 문인과 미술인의 종합지로써 편집진으로 참여했던 문인과 화가들의 작품 세계가『문장』이라는 장(場)을 통해 생성, 발전되었다. 문학과 미술의 종합지로서『문장』은 전 시대의 문예지처럼 화가들이 표지나 장정, 삽화 등에 참여하던 것 이상으로 함께 공동의 미학과 이론을 생산하면서, 전통과 근대를 아우른 새로운 예술을 창안하고자 했다. 이런 의미에서 예술사에서 문학과 미술의 교류를 가장 적극적으로 이루어낸 잡지라 할 수 있다.

『문장』의 주요 동인은 문인으로는 이태준, 정지용, 이병기와 미술인으로는 김용준, 길진섭 등이 참여했다. 길진섭이 표지 장정과 편집 담당, 이태준이 편집장 겸 주간, 김용준, 정지용 등이 동인으로 활동했다. 이와 같은 동인 구성의 특성은 잡지의 표지와 장정 등 편집에 공동의 미적 감각을 반영하였다. 특히 미술인들은 문인 취향의 소재를 고안하는데 뛰어난 안목과 독창성을 보여주었는데,『문장』의 동인들이

좋아했던 매화는 삼동의 추위와 눈
보라를 이겨낸다는 상징에 따라 경
륜과 수양을 쌓은 노선비의 '품격'과
어려움을 참고 견디며 굳고 의연한
선비의 '성품'을 상징하는 군자의 꽃
으로 재현되었다. 따라서『문장』2호
에 이병기가 「매화」를 발표했고 표
지화로 길진섭이 '紅梅'를 그렸던 것
도 사군자 중에『문장』의 문인과 화
가들을 가장 사로잡았던 화목이 매
화였기 때문이다.

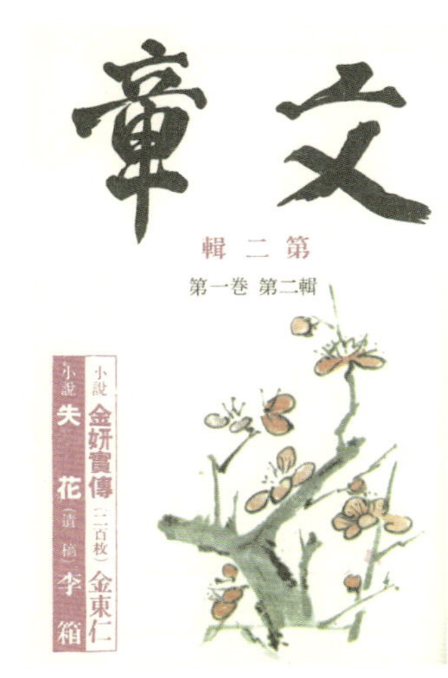

그림 15 길진섭이 그린『문장』2호 표지
〈紅梅〉

더딘 이 가을도 어느덧 다 지나고
울 밑에 시든 국화 캐어 다시 옮겨 두고
호올로 술을 대하다 두루 생각나외다.

뜨다 지는 달이 숲 속에 어른거리고
가는 별똥이 번개처럼 빗날리고
두어 집 외딴 마을에 밤은 고요하외다.

자주 된서리 치고 찬바람 닥쳐 오고
여원 귀뚜리 점점 소리도 얼고
더져 둔 매화 한 등걸 저나 봄을 아외다.

– 이병기, 「매화」

『문장』동인들의 교류는 30년대 초반으로 거슬러 올라가는데 30년대 초 미술인 김용준[6], 길진섭, 구본웅 등이 조직한 목일회[7]와 문인 이태준, 이상, 김기림, 정지용, 박태원 등이 속해 있던 구인회가 지속적으로 교류해오고 있었다.

『문장』미술인 동인들의 특성은 1930년대 중반을 넘기면서 동양화로 전필하거나 서양화와 동양화를 결합시키고 있다는 사실이다. 당대 미술계의 흐름은 조선문화 담론과 관련된 동양주의였는데 이는 동양적, 향토적 소재와 동양화의 전통화법을 추종하는 복고적 흐름과 현대적 신양식과 소재를 취하되 정신적 측면에서 동양주의를 추구하는 부류로 나누어져 있었다.『문장』에 속한 김용준과 길진섭 등은 후자에 속하는 그룹으로 소재나 감상성의 수준에서 전통을 복고하는 것에 비판적인 입장을 취했다. 김용준은 모더니스트 유화가로 세기말적 퇴폐미술을 주장하다가 1930년대 중반에 동양적 유화, 1930년대 말에는 수묵화가로 변신한다. 길진섭은 서양화를 그리면서 조선색과 선에 대한 고려는 물론,『문장』의 표지를 담당하면서 조선 고전의 색

---

6.   김용준(金瑢俊,1904-1967)은 화가인데 미술평론가, 미술사학자, 수필가로도 알려져 있다. 아호는 근원(近園)이다. 중앙고등보통학교 졸업 후 화가 이종우에게 수학한 뒤 1926년 동경 미술학교에 입학해 서양화를 공부했다. 이때 유학생이던 소설가 이태준을 만나 평생 지기(知己)로 지냈다. 1928년 귀국 후, 길진섭과 함께 목일회를 창립하는 등 활발히 활동했으며, 1930년대 말 이태준과 함께『문장』의 동인으로 활동했다. 광복 후 서울대학교와 동국대학교에서 교수로 재직하였으며 1948년 수필집『근원수필』을 출간하기도 했다. 1950년 한국전쟁 중에 월북했다.

7.   목일회(牧日會)는 1934년에 서양화가들이 결성한 단체로 회원은 이종우, 구본웅, 김용준, 이병규, 황술조, 길진섭, 송병돈, 김환기 등이었다. 목일회는 단체의 이름이 반일 사상을 함유하여 불온하다는 이유로 1937년에 명칭을 목시회(牧時會)로 바꾸기도 했다. 목일회의 회원 구성은 동경 미술학교 출신이 핵심 세력을 이루었고, 젊은 화가들이 조선총독부가 주최하는 조선미술전람회의 보수성에 저항하는 의미가 있었다. 엘리트 미술인들이 결집하여 관 주도의 미술 흐름에 대항한 목일회는 1930년대 미술 운동의 대표적인 단체였다. 목일회 해체 이후 한국의 화단은 급격한 친일화로 흘러 태평양 전쟁 종전 전까지 군국주의 미술 일변도가 되었다(이 책의 52면 각주 10번을 참조).

감과 정조를 탐구하려 노력했
다.[8] 이들이 추구한 조선색에
대한 성찰은 구인회의 동인들
이었던 정지용, 이태준 문인들
의 작품경향과도 일치한다.

　　이처럼 『문장』의 동인들
은 공동의 미학적 이념을 추구
하면서 『문장』을 통해 그런 이
념을 구현하고자 했고, 또 한편
으로 새로운 미학을 발전시키
고자 했는데, 이런 정신의 근저
에 전통과 고전에 대한 재인식
과 현대예술에 대한 탐구가 놓
여 있었다.

그림 16　김용준이 그린 『문장』(1939.4) 국화 표지. 문인화의 소재로 자주 등장하는 국화는 선비의 지조를 상징했다. 표지의 국화는 4월인데, 마른 국화처럼 보인다. 가을서리에도 꼿꼿한 국화가 마른 국화꽃으로 보이는 것은 어쩌면 현실의 풍파 속에 야위어가는 김용준의 내면 혹은 우리의 전통이 아니었을까 상상해본다.

　　고전이라거나 전통이란 것이 오직 보관되는 것만으로 그 친다면 그것은 주검이요, 무덤의 대명사가 될 것이다. 박물관이란 한낱 아름다운 묘지에 불과할 것이다. 우리가 돈과 시간을 들여 자기의 서재를 묘지화시킬 필요는 없을 것이다. (중략) 정당한 현대적 해석을 발견해서 古物 그것이 주검의 먼지를 털고 새로운 미와 새로운 생명의 불사조가 되게 해주어야 할 것이다. 거기에 정말 古翫의 생활화가 있는 줄 안다.[9]

　　山水를 그리여 내맘이 滿足할 수도 없고 花草를 임미테-슌하는데 나의 思想이 없는듯하다. 차라리 콩크리트 우에 떨어지는철사의 音響이 내 귀

8.　길진섭, 「여묵」, 『문장』, 1939. 4.

9.　이태준, 「古翫品과 生活」, 『문장』, 1940. 10.

의 感觸으로부타 畵筆에 흐를 상 싶다. 모든 과거의 古典이 다시 우리들의 머리에서 돌아나오나 그러나 새 時代와 새 美意識에서 進展한다.[10]

古人의 書를 心讀할 수 있음과 새로운 지식에 접촉할 수 있음과 母語와 外語 공부에 중학생처럼 굴종할 수 있는 시간 (중략) 바다와 구름의 동태를 살핀다든지 절정에 올라 고산식물이 어떠한 몸짓과 호흡을 가지는 것을 본다든지(중략) 시인이 더욱이 이 시간에서 인간에 집착하지 않을 수 없다. 사람이 어떻게 괴롭게 삶을 보며 무엇을 위하여 살며 어떻게 살 것인가라는 것에 주력하며, 신과 인간과 영혼과 신앙과 愛에 대한 항시 투철하고 열렬한 정신과 심리를 고수한다.[11]

시학과 시론에 자주 관심할 것이다. 시의 자매 일반 예술론에서 더욱이 동양화론 書論에서 시의 향방을 찾는 이는 비뚤은 길에 들지 않는다.[12]

위의 인용문들은 동인이었던 소설가 이태준, 화가 길진섭 그리고 정지용의 산문이다. 그들의 예술적 원칙은 전통적인 것을 그대로 고수하는 것은 고물, 혹은 골동품 취미에 불과한 것이기에 전통과 고전의 새로운 창조와 변용을 주장하고 있다. 정지용과 『문장』의 문인이나 미술인에게 전통을 재인식하는 작업은 전통적인 행위가 아니라 오히려 현대적인 작업으로 이해되고 있다.

같은 동인이었던 김용준도 당대의 현실적인 생활감정과 풍습이 자신들이 배운 서양미술과 얼마나 거리가 먼가 고민하기도 했는데[13] 이런 상황을 헤아려 보면 미술인과 문인들이 얻으려 한 것은 전통이

---

10.   길진섭,「寫生과 感情」,『문장』, 1939. 3.
11.   정지용,「시와 발표」,『문장』, 1939. 10.
12.   정지용,「시의 옹호」,『문장』, 1939. 6.
13.   김용준,「회화적 고민과 예술적 양심」,『문장』, 1939. 9.

나 고전 자체가 아니라 현실적으로 '조선의 것'이 어떤 역할을 할 수 있는가에 대한 모색이라고 할 수 있다. 따라서 미술인과 문인들이『문장』을 통해 구현하고자 한 것은 단순한 전통 복고가 아니라 고전 속에서 나아갈 방향과 가치를 찾고, 그것을 현대적인 것으로 창안하여 시대적으로 의미있는 예술을 만드는 것이었다. 정지용의 경우 전통으로부터 얻고자 한 것은 바로 정신성인데, 그는 이것을 동양화론(東洋畵論)과 서론(書論)으로부터 얻고자 했다.『문장』의 동인들이 보이는 미학적 태도는 곧 삶에 대한 윤리적 태도와 연결되면서 전통적인 문인화의 세계를 환기시킨다.

　　전통 사회에서 문인은 시(詩), 서(書), 화(畵)에 능하고 높은 교양을 갖춘 지식인을 의미했는데, 이들은 시·서·화가 하나로 구현된 문인화를 통해 자신들의 정신적 문기(文氣)를 드러내었다. 문기란 작가의 인격과 관련된 높은 기운으로 인품이 높으면 자연히 기운 높은 그림을 그리게 되었으므로 작가의 정신적 수양이 가장 중요하다고 생각했다. 문인화는 사실화가 아니라 작가의 내면을 그리는 그림이므로 내면의 품격을 중요한 것으로 여겼던 것이다. 이때 작가의 수양과 수련, 품격을 강조하는 개념으로 '문자향(文字香)'과 '서권기(書卷氣)'를 가장 강조했다. 문자향과 서권기란 좋은 글과 책을 읽음으로써 우리들의 정신에 맑고 고운 향기과 기운이 생긴다는 의미로 좋은 글과 글씨는 풍부한 인격과 품격에서 나온다는 뜻이다.[14]『문장』의 동인들은 문인화에서 추구

14.　추사 김정희는 아들에게 보낸 글을 통해 작가의 수양과 글쓰기의 관계를 말했다. '예서법은 가슴속에 청고(淸高)하고 고아(古雅)한 뜻이 들어 있지 않으면 손을 통해 나올 수 없고, 가슴속의 청고하고 고아한 뜻은 또 가슴속에 문자향과 서권기가 들어 있지 않으면 능히 팔 아래 손끝으로 발현시킬 수 없다. 또한 이것은 흔히 보는 해서(楷書) 같은 것에 비할 바가 아니다. 그리하여 모름지기 가슴속에 '문자향'과 '서권기'를 갖추고 나서야 예서법의 근본이 되며 예서 쓰는 신통한 비결이 된다(隸法 非有胸中 淸高古雅之意 無以出手 胸中淸高古雅之意 又非有胸中文字香書卷氣 不能現發於腕 下指頭).

한 예술가의 고고한 인격과 수양을 '정신주의' 미학으로 계승함으로써 당대의 예술계와 현실에 대응하려 하였다. 그들은 수묵화법과 비바람, 눈서리, 등 자연의 중압에도 꿋꿋이 견디어 내는 송(松), 죽(竹), 매(梅), 란(蘭), 고목(古木), 암석 등 탈속(脫俗), 오연(傲然)한 주제를 택하여 잡지의 표지화와 표제시로 함께 싣거나 예술론을 통해 전통문인화의 정신을 현대적으로 수용하려 하였다.

미술인 김용준과 길진섭 등이 추구한 예술의 정신은 문인인 이태준, 정지용과도 일치를 보이는 것이었는데 이들 동인들은 특히 '문인화'[15] 정신과 미적 감각을 중심으로 공동의 예술적 감각과 가치를 공유했다. 특히 동양화로 전필한 김용준은 이태준, 길진섭과 함께 목일회 동인들을 『문장』에 끌어들여 '신문인화'(新文人畵) 운동을 선도하였다.

김용준이 주도했던 문인화 운동은 기존의 동양화가들이 중심이 된 보수적이고 고답적인 문인화와는 방향을 달리 하였다. 일본 유학생, 특히 유화가들이 중심이 되어 새로운 현대적 시각과 감성을 문인화에 접목시킴으로써 전통을 기반으로 하되 현대적 감성을 적절하게 가미함으로써 법고창신을 이루고자 하였다.[16] 이런 의미에서 문인들과 미술인들이 서로 교류하면서 공감한 문인화의 세계에 대한 지향은 각 작가들의 작품 창작 원리로 중요하게 작용한 것으로 보인다.

일반적으로 문인화는 그림 속에 작가의 심경이 담겨 있으며 높은 학문과 품격이 스며 있는 그림으로 사상과 문학적 내용이 암시적으로

---

15. 문인화(文人畵)는 직업화가가 아닌 순수한 문인이 그린 그림을 말한다. 즉 사람의 신분에 따라 붙인 명칭이다. 글이나 서예에 관심이 많은 문인들의 그림이라 시(詩), 서(書), 화(畵) 세 요소가 잘 혼합되어 있으며 그림 속에 시적인 함축성과 서예에서 추구하는 필력 등이 잘 표현되어 있다.

16. 서양의 인상파 이후의 입체파, 상징주의, 후기 인상주의, 표현주의, 미래파 등이 강조하는 주관성은 형태를 간략하게 선묘와 평면적 색조로 구성하는 표현의 기법적 측면을 강조했는데, 이는 문인화에서 선이 환기하는 직관적 감성의 표출이나 간소함과 평판성, 서예성, 사의성(寫意性) 등과 만날 수 있었다. 홍선표, 「근대미술사 특강」, 『월간미술』, 2004. 11.

표현되어 있는 작품이다.[17] 특히 『문장』의 동인들은 조선 시대 남종문인화를 대표하는 추사 김정희를 흠모하여 추사의 그림과 유사한 문인화풍의 그림을 많이 그렸다. 또한 『문장』의 창간호에서 추사의 글씨를 집자하여 『문장』의 표제자를 만들고, 표지화는 추사가 그린 〈水仙花〉를 제자 허련이 판각하여 보급용으로 만든 것을 실었다.

그림 17 『문장』창간호의 표지, 창간호에 추사의 글씨와 그림을 사용하고 있음은 『문장』동인들의 전통 계승을 통한 현대예술의 발전이라는 미학적 이념을 드러낸다.

　　이러한 미학적 시도들은 『문장』의 전통 문인화의 계승 의지를 뚜렷이 보여준다. 김용준은 동양적 유화의 과정을 지나 남종 문인화로 귀착하여 '詩書畵'(시서화) 일치 사상에 주목하였으며, 세속에 타협하지 않는 문인들의 고고한 지조, 거속과 탈속의 정신을 계승하였다. 그는 남종 문인화의 서화(書畵) 일치 사상을 통해 문인 정신을 계승함으로써 시대의 위기를 극복할 올바른 전망을 제시하고자 했다.

　　『문장』은 조선문화의 정체성을 확인하기 위하여 동양을 버리지 않고 바탕을 이루면서 서구 근대화의 수용문제를 고민했다. 동인들은 문인화의 전통을 되새기면서 일제 강점 하에서 조선의 문화를 존속시키고자 했으며, 전통과 고전의 새로운 정신을 계승하고자 했다. 이는 당대 일본 식민정책에 포획된 조선문화 담론과도 다른 경향을 보이는 것이다.

17.　조용진·배재영, 『동양화란 어떤 그림인가』, 열화당, 2001, 46면.

그림 18 김용준, 〈文房情趣〉, 1942.
서적과 금이 간 도자기, 마른 석류와 국화 등 소박한 기물을 통해 물욕과 세속의 가치를 등진 선비
의 취향을 드러내고 있다. 전통 문인화의 형식을 취하였지만 원근과 명암이 가미된 채색법에서는
서양화기법이 발견된다. 청고하고 담박한 한묵의 맛과 과감한 붓터치와 채색에서 근대적 감수성이
느껴진다. 이런 특성이 바로 『문장』이 추구한 전통의 재인식과 근대적 감각이 어우러진 새로운 미학
이라 할 수 있다.

　『문장』을 중심으로 모인 문인과 미술인은 동양적 문인화의 전
통 속에서 조선주의적 예술이 나아갈 길을 모색했다. 이런 의미에서
1930년대 후반 『문장』을 중심으로 한, 문인과 미술인의 만남은 근현
대예술사에서 화단과 문단의 교류에 역사적인 한 지점이라고 할 수
있다. 왜냐하면 『문장』을 통해 미술인과 문인은 공통의 예술적 이념을
지향했으며, 이를 통해 식민지 후기라는 가장 열악하고 우울한 한 시
대를 문화적으로 대응했기 때문이다.

김기림: 야수파적 감각과 미래주의 시학

원시성의 동경과 역동적 예술

한국 시문학사에서 김기림은 시의 모더니티를 정립한 시인이자 시론가로 평가받고 있다. 그는 1930년대 초반 새로운 시문학론을 내세우면서 과거의 시가 자연발생적인 순간의 감정을 노래한 것이라면 오늘날의 시는 작가에 의해 '의식적'으로 '지어진' '구성적인' 작품이어야한다고 했다. 즉 현대의 새로운 시의 모습은 정의와 지성이 종합되어경험이 재구성된, 의도된 가치의 창조물이어야 하고 근대문명을 바탕으로 한 시대정신을 담고 있어야 한다는 것이었다.

'모더니즘'은 우선 오늘의 문명속에서 나서 신선한 감각으로써 문명이던지는 인상을 붙잡았다. 그것은 현대의 문명을 도피하려고 하는 모든태도와는 달리 문명 그것 속에서 자라난 문명의 아들이었다. 그 일은 바꾸어 말하면 우리 신시사상에 비로소 도회의 아들이 탄생했던 것이다.제재부터 우선 도회에서 구했고 문명의 못면이 풍월 대신에 등장했다.문명 속에서 형성되어 가는 새로운 감각, 정서, 사고가 나타났다.[1]

---

1.   김기림, 「모더니즘의 역사적 위치」, 『인문평론』, 1939. 10.

김기림은 새로운 시는 '과거의 모든 법률과 모랄리티, 선, 판단'에서 벗어나 자동차가 다니는 '아스팔트'와 기차가 달리는 '렐' 위에서 호흡하는 것이라면서 도시적 문명과 새로운 감수성을 표현하고자 했다. 이렇듯 1930년대 초 새로운 감각, 정서, 사고를 통해 시의 모더니티에 도달하려 했던 김기림 문학은 기존의 문학적 관습과 미학에 도전했던 20세기 초 서구 미술의 아방가르드 유파들과 만날 수 있었다.

> K군과 나—무론 그 사상과 입장과 그러한 것은 아직 미지수다. 그러나 두 사람은 다 현금의 기성 예술에 대하여 말할 수 없이 큰 불만이 가슴에 서리어 있으며 그것하고는 도무지 타협할 수 없는 새로운 경지—인류의 새로운 보화로 풍부한 명일의 지평선을 향하여 어린 혼을 태우고 있다는 점이 모든 모순을 멀리 초월한 굳센 유대이며 공통점이다. (중략) 우리들의 이야기는 차츰차츰 여파의 꼬리에 다시 여파를 끌고 블란서의 '슈르리얼리즘'에서 독일의 '퓨리즘'으로 다시 러시아의 '네오리얼리즘'으로, 구성파로, 일본의 새로 일어난 '포비스트'의 무리로 구르고 다시 구른다. 그리하여 K군은 부단히 그의 '러시아'로 향하는 불가항력의 이력을 표백하였다.[2]

K군으로 등장하는 화가와 김기림은 당대의 예술 경향에 대해 불만을 갖고 있으면서 현재의 기성예술과는 타협할 수 없는, 새로운 미래지향적인 예술을 지향하고 있다. K군이 누구인지 구체적으로 알 수는 없지만 김기림과 이니셜이 같은 K라는 의미에서 김기림과 생각이 같은 가상의 인물을 내세운 것으로 이해할 수도 있을 것이다. 김기림은 미술에 예술적 동지감을 느낄 수 있었는데, 그는 근대 사회와 문명에 저항하고 적극적으로 대응하는 미술 유파로부터 새로운 시학에 대

---

2.   김기림, 「오후와 무명작가들」, 《조선일보》 1930. 4. 28-5. 3.

한 상상을 가져온다. 김기림은 그들에게서 예술적 정신과 원리의 상동성을 발견할 수 있었던 것이다.

인간 정신의 깊숙한 곳을 탐구하려는 초현실주의, 그리고 퓨리즘의 성과에 바탕을 두면서도 기하학적인 정신을 고양한 큐비즘, 러시아의 아방가르드 운동 등 서구 미술계의 변화를 통해 현대예술의 새로운 방향을 목도한 김기림은, 1933년 모더니즘 작가들의 모임인 '구인회'의 발족을 통해 현대적 미학을 추구하고자 했고 그들과 자주 만나던 미술인들의 모임 '목일회'가 결성되자 두 예술 집단이 공유하는 미의식과 지향점을 마련할 수 있었다. '조용히 좋은 작품을 쓰면서 서로 작품 평을 해주고 새로 읽은 작품들에 대한 의견을 교환하자'는 소박한 원칙을 내세우면서 출발한 구인회[3]는 화업의 연마와 교우의 친목을 도모함을 목적으로 하는 목일회와 많은 공통점을 지녔다. 그들 동인들은 모두 기성예술에 반발하여 순수예술과 반아카데미즘을 지향하고 있었다.

김광균의 기억에 의하면 김기림은 야수파 화가 블라맹크(Maurice de Vlaminck 1876~1958)에 열광했던 것으로 보인다. 특히 블라맹크 그림의 모티브인 현대의 위기 감각을 높이 평가했다고 한다. 김기림은 야수파에서 시인들에 결여되어 있는 강렬한 생명력을 읽어 내었는데, 그들의 예술 정신이 감상과 무력감에 빠진 근대문명을 힘과 속도의 세계로 이끌 수 있을 것이라 생각했다.

야수파는 포비즘(fauvisme) 또는 동물주의라고도 한다. 화가의 감동을 강렬한 순수 색채로 표현하는 야수파는 굵은 텃치와 순도 높은 원색을 사용했다. 블라맹크 이외에도 마티스(Henri Matisse), 루오(Georges-Henri Rouault), 브라크(Georges Braque) 등의 화가가 유명한데 그들은 모두 개성적인 자아표출과 색과 형의 자율적인 세계를 창조하려 하였다. 야수파

3.　　조용만, 「구인회 이야기」, 『30년대 문화예술인들』, 범양사출판부, 1988.

운동은 1905년부터 1907년에 이루어졌고 1908년경부터 이들은 각
자의 방향을 독자적으로 전개시켜 나갔는데 이 운동은 20세기 최초의
예술적 혁명이었다. 이처럼 야수파로 대변되는 현대 미술의 특성을 단
순성과 암시로 본 김기림은 야수파의 그림에 사용된 강렬한 색과 단
순화된 형태를 통해 힘의 약동과 원시성을 발견했으며 이를 현대예술
의 나아갈 방향으로 제시한다.

> 원시성의 동경, 그것은 현대예술의 어떤 위대한 불만의 표현이다. 퇴폐
> 기의 예술일수록 원시적 욕구는 더욱 강렬한 듯하다. 타이티의 토인을
> 그려 도망한 것은 고갱 개인이 아니라 차라리 구라파 화단 자체였을지
> 도 모른다. 포브에게 (‘포비스트’) 있어서는 원시는 예술 자체였으며 따라서
> 예술의 전규범이었다. (중략)
>
> 　단순(simplification)과 암시(suggestion)는 원시성의 두 개의 S다.
>
> 　우리는 현대의 화가 가운데서도 원색을 애완하는 버릇을 가진 사람
> 을 많이 발견한다. 그리고 조야한 텃취를 또한 현대인은 굳세게 바라는
> 일면이 있다. 조야는 힘의 상태다. 그것은 또한 건강의 발로다. 완성된 均
> 整이라고 하는 것은 다수한 力의 相殺(中和) 상태일지도 모른다. 그러므로
> 그것은 어찌보면 죽음의 경지다. 조야라 함은 힘의 영웅적 약동이다.[4]

김기림은 현재 우리의 문화가 가을을 맞이하는 쇠락기로 접어들
었다고 평가하면서 이런 문화적 위기에 ‘건강하고, 야만하고, 조야한’
원시 예술이 필요하다는 점에서 야수파의 등장이 ‘늙어빠진 근대 문
화의 괴로운 숨소리’를 강인한 생명으로 이끌 수 있음을 강조한다. 예
술에 있어서 잘 균정되고, 완성된 스타일보다는 예술가의 주관이나
상상이 조야하게 약동하는 상태를 긍정하는 김기림의 예술관은 미술

4.　편석촌, 「수첩 속에서: 현대예술의 원시에 대한 욕구」, 《조선일보》 1933. 8. 9.

작품의 평가에서도 드러난다. 김기림은 1933년 '협전'을 관람하는데 이 미술전에서 구본웅의 그림을 높이 평가한다.

> 협전의 존재는 또 한편에 있어서 조선미전의 관료주의에 대한 한 '인데 페덴트'로서 백퍼센트의 빗나는 존재가치를 가지고 잇다. 이일은 이번 전람회에서 구본웅씨의 〈失題〉를 함으로써 우리로 하여금 더욱 명확하게 인식하게 하엿다. 구본웅씨의 작품은 협전에서도 뛰어난 한 異彩다.
> 〈포즈〉, 〈多美子〉, 〈睡蓮〉 들의 작자 길진섭씨는 벌서 대가의 域에 달하고 못하고는 차치하고도 한 개의 완성된 세계를 가지고 잇는 화가인가 한다. 그의 출품은 하나도 스케일이 큰 것이 업고 세점이 모도 소품이나 조금도 빈틈없는 수법을 보여주엇다.
> 그러나 均整이라고 하는 것은 여러 개의 힘의 相殺狀態는 아닐가? 이러한 의미에서 우리는 완성이라는 것을 바라기는 하면서도 긍정하지는 안는다. 완성에는 벌서 진보와 비약의 여지가 업는 까닭이다. 완성에 향하야 '부정하는 정신'—굿세고 용감한 반항만이 우리를 誘惑한다. 그것은 조흔 의미로서나 구즌 의미로서나 明日을 가지고 잇다.[5]

김기림은 「수첩 속에서: 현대예술의 원시에 대한 욕구」에서와 마찬가지로 길진섭의 작품이 완성도가 높은 대가 수준의 작품이지만, 구본웅과 같은 힘의 약동과 부정의 정신이 보이지 않는다는 점에서 미래지향적이지 않다고 평가한다. 김기림은 협전이 조선미전의 관료주의에 맞서는 '앙데팡당전'이라는 데 의의를 두고 있으며 구본웅이 바로 반아카데미즘을 잘 구현하고 있음을 강조한다. 그림 〈실제〉를 확인할 수는 없지만, 당시 구본웅이 일본에서 야수파와 큐비즘을 수학하고 왔고, 이후 구본웅이 보여준 화풍이나 김기림 평문의 내용으로

5.　김기림, 「協展을 보고」, 《조선일보》 1933. 5. 6.

그림 19 블라맹크, 〈샤투의 다리 Pont de Chatou〉, 1906.
블라맹크는 세느 강을 오르내리는 배나 강가의 풍경, 전원 풍경 등을 즐겨 그렸다. 이 그림은 주제
나 색조, 터치 등에서 고흐의 영향을 받은 작품으로 강렬한 원색과 평면화된 화면 처리 등이 야수파
의 비전을 담아낸 작품이다. 김기림은 야수파와 블라맹크의 예술정신과 원리를 원시성과 건강성 등
생명의 이미지로 전환하여 시와 시론의 핵심으로 삼았다.

짐작하면 〈실제〉 역시 야수파적 경향의 작품임을 추측할 수 있다.

김기림을 매혹시킨 블라맹크(Maurice de Vlaminck, 1876~1958)는 대표적
인 야수파 화가로 고흐 작품의 영향을 받아 강렬한 원색과 힘찬 필치
로 그림을 그렸다. 화폭 위에 색채를 강렬하고도 넘쳐흐르게 사용함
으로써 야수파 중에서도 가장 야성적이고 역동적인 화가였다. 그의
작품은 힘찬 데포르마시옹(Deform)이나 비극적인 느낌을 바탕으로 자
연 묘사에 표현주의적 에너지와 야성적 기질을 드러낸다. 그는 예술
의 본질을 본능이라고 하면서 내면적 충동을 강렬한 색채와 선을 통
해 표현하였다. 블라맹크는 무엇보다도 생명력의 표현을 중요시했는
데, 진부한 이론과 의고전주의(擬古典主義)에서 해방된 자연의 활달함을
보여주고자 했다. 김기림은 야수파 및 블라맹크의 예술정신과 원리를

자신의 시론과 작품에 연결시키며 원시성, 건강성, 순진성을 주장했는데, 시론인「오전의 시론」과 시집『태양의 풍속』에 생명력과 원시성, 건강성 등의 개념과 이미지가 등장하고 있다.

『태양의 풍속』(1939)은 1930년대 후반에 출판되었지만, 수록된 작품은 1930년대 초반 김기림의 시학과 시정신을 보여주는 시편들로, 대부분 '태양', '아침', '바다'의 이미지를 중심으로 건강하고 명랑한 시에 대한 지향을 선명하게 보여주고 있다.

태양아

다만 한 번이라도 좋다. 너를 부르기 위하여 나는 두루미의 목통을 빌려오마. 나의 마음의 무너진 터를 닦고 나는 그 위에 너를 위한 작은 궁전(宮殿)을 세우련다. 그러면 너는 그 속에 와서 살아라. 나는 너를 나의 어머니 나의 고향 나의 사랑 나의 희망이라고 부르마. 그리고 너의 사나운 풍속을 좇아서 이 어둠을 깨물어 죽이련다.

태양아

너는 나의 가슴 속 작은 우주의 호수와 산과 푸른 잔디밭과 흰 방천(防川)에서 불결한 간밤의 서리를 핥아버려라. 나의 시냇물을 쓰다듬어 주며 나의 바다의 요람을 흔들어 주어라. 너는 나의 병실을 어족들의 아침을 다리고 유쾌한 손님처럼 찾아오너라.

태양보다도 이쁘지 못한 시. 태양일 수가 없는 서러운 나의 시를 어두운 병실에 켜 놓고 태양아 네가 오기를 나는 이 밤을 세워 가며 기다린다.

　－ 김기림,「태양의 風俗」

김기림은 도시 문명의 현실과 정서를 담아내지 못하는 당대의 감상적인 시편들을 '태양일 수 없는 서러운 시'로 명명하고 시가 살아가는 현실을 병실로 비유하면서 건강하고, 밝고, 희망찬 태양의 풍속을 가진 시로 태어나기 위해 밤을 세워 기다리겠다고 한다. 김기림이 추구하는 현대적 의미의 시란 명랑, 활발, 건강한 정서를 가진 것이며 이것은 어머니, 고향, 희망처럼 가장 근원적인 가치를 지니고 있다. 김기림은 근대문명을 시적으로 잘 드러내는 방법은 언어의 명징성을 갖는 것인데 이는 시에 조소성(彫塑性)을 수용하는 것과 관련된 것으로 이해했다.

> 근대문명의 정신도 음악의 그것이라느니보다 조소의 정신이었다. 청각의 문명은 '기사로만스'나 민요와 함께 흘러가고 시각의 문명, 촉각의 문명이 대두해서 지상의 면모를 일변시켰다. 그러다가 입체파의 이론에 의해서 더욱 고조된 조소의 정신은 다름이 아니라 19세기 말엽 이래 인류를 엄습해 온 불안 동요 속에서 안정을 찾는 다시 말하면 조형예술로서 고정하려는 의욕의 발현이 아닐까?[6]

입체파는 원근화법의 환영주의를 거부하고, 대상의 특정한 성질을 동시성의 원리나 기하학적 환원을 통해 추상화하거나, 한 공간 안에 놓인 대상을 복수(複數)의 관점으로 분할하여 화면에 배치한다. 이러한 원리는 흄[7]의 주지주의 예술론과 관련되는 것으로 인간 경험의 요소들을 분리하여 새로운 질서로 재배열하고 재배치하려는 미학을 지향한다. 이런 회화 상의 원리는 김기림에게도 수용되어 "새로운 시는

---

6.   김기림, 「시단의 動態」, 『인문평론』, 1939. 12.
7.   흄(Thomas Ernest Hulme, 1883-1917)은 영국의 시인, 비평가이다. 철학·심리학을 공부한 그는 1908년경 런던에서 새로운 예술가·사상가들을 모아서 '시인 클럽'을 설립했고 이미지즘 운동을 주도했다. 휴머니즘, 자유주의, 낭만주의에 반대하여 고전주의를 제창했으며 주관적 감정을 배제하고 이미지와 지성을 중시하는 모더니즘 운동의 중심인물이기도 하다. 흄의 고전주의는 E. 파운드에 의해 이미지즘운동으로 발전되었으며, T. S. 엘리엇에게도 커다란 영향을 주었다.

나를 여과하여 구성된 세계의 일부분이다. 그것은 새로운 세계다. 낡은 눈은 현실의 어떤 일점에만 직선적으로 단선적으로 집중한다. 새로운 눈은 작은 주관을 중축으로 하고 세계, 역사, 우주 전체로 향하여 복사적으로 부단히 이동 확대할 것이다.”[8]라는 세계, 역사, 우주를 바라보는 이동 확대되는 시점으로 수용된다. 김기림은 이러한 생각이 기하학적 예술을 강조한 흄의 이론과 맞닿아 있음을 지적하면서 예술상의 이러한 원리와 정신이 근대의 새로운 감각과 경험을 반영하는 것임을 강조한다.

月
　　火
　　　水
　　　　木
　　　　　金
　　　　　　土

하낫 둘
　하낫 둘
일요일로 가는 「엇둘」 소리……
자연의 학대에서
너를 놓아라
역사의 여백……
영혼의 위생 「데이」……
일요일의 들로
바다로……

8.　김기림, 「포에지와 모더니티」, 『신동아』, 1933. 7.

우리들의

유쾌한

하눌과 하로

일요일

  일요일

– 김기림, 「일요일 행진곡」

새로운 문명의 풍속과 정서를 그리는 것이 현대시의 방향임을 명시한 김기림은 조형적 특성을 통해 도시적 일상의 모습을 재현하고 있다. '일요일 행진곡'이라는 제목의 위의 시는 행진곡이라는 제목이 환기하는 운동성을 드러내기 위해 요일의 활자를 진행되는 방향으로 경사지게 배치하고 '하낫 둘', '엇둘', '일요일' 등의 시어를 위의 각 요일과 맞추어 오른쪽으로 움직이게 했다. 도시적 일상에서 일요일은 자유와 여백의 의미를 갖는 요일이다. 근대화가 자연을 수탈하는 노동에 의해 운영되는 것임을 전제할 때, 영혼을 잃어버리는 노동의 수고로부터 놓여 나는 일요일을 축하하는 행진의 노래는 유쾌하다. 이처럼 작품 안의 활자와 배치, 조형적 특성은 시의 의미와 관련된다. 근대시의 본령인 속도의 시, 문명비판의 시를 쓰기 위해서는 이런 구성상의 의도가 필요하다고 김기림은 강조한다.

김기림은 「속도의 시 문명 비판」이라는 제목으로 자신의 작품이 어떤 점에서 속도감을 표현하고 문명에 대한 비판을 효과적으로 드러내고 있는가 직접 설명하기도 하는데[9] 다음 작품이 예로 든 자신의 작품이다.

---

9. 김기림, 「하기예술강좌 문예편」, 《조선일보》 1934. 7. 12-7. 22.

포플라의 마른 가지에 가마귀 한 마리

검은 묵바울가튼 검은 가마귀

웨스트민스타의 사원의 종이

대영제국의 황혼을 느껴(껴,껴,껴) 우는 소리—

가마귀는 거문 「징기쓰시칸」의 후예올시다

하나 지금은 영양부족으로 졸도의 증세까지 보입니다

신사는 아니외다

葬式의 행렬에 끌려가는 알폰소 廢皇陛下의 모자는 사십오도로

기우러저 잇습니다.

사모라의 키보다 큽니다

칼멘아 노래불러라

서반아의 피를 마시면서—

– 김기림, 「서반아의 노래」

　　김기림은 이 시가 속도를 나타내려한 작품인데, 이를 위해 활자를 직선적 횡렬로 배치하고 시의 각행에서 자유연상을 통해 이미지를 비약함으로써 속도감을 표현했다고 설명한다. 연상은 슈르리얼리즘의 방법으로 그 결과는 주제와 의미의 통일을 기획하면서 이루어졌다고 한다. 즉 단어의 결합은 무목적적인 것 같지만, 유기적인 구성을 염두에 둔 것이라면서 '껴껴'의 반복이 목메인 까마귀의 소리와 종소리와 붙어서 소리나는 효과를 강조한 것이며 영양부족의 까마귀는 대영제국아래 있는 동방제민족의 메타포로 사용되었다고 설명한다. 식민지인 국가들은 제국의 억압 아래 그리고 제국은 신사적이지 않은 지배 때문에 인류전체가 문명의 황혼을 맞이하는 것으로 보인다. 쓰러져 가는 문명의 위기의식과 속도감, 그리고 문명에 대한 비판을 위해 김기림은 시 행과 연에 대한 배치와 비약적 이미지를 사용하는 방법

그림 20 페르낭 레제, 〈도시 The City〉, 1919.
레제는 입체주의 양식에서 비롯된 독창적인 표현법을 개발했는데, '튀비슴(tubism)'이라 명명된 레제의 양식은 색채가 풍부한 원통형의 추상적인 형태들에 초점을 맞추었다. 색채 대비, 입체와 평면의 대비를 통해 도시의 구조적 특성이 재현되고 있다. 도시 문명 속에서 시의 모더니티를 사유했던 김기림에게 페르낭 레제의 그림은 변화하는 도시의 이미지를 적극적으로 보여주었을 것이다.

을 택한 것이다. 이런 시적 방법의 원천이 회화적 상상력에 있음은 분명한 것으로 보인다.

근대문명의 속도와 기계의 미학

김기림은 「오후와 무명작가들」에서 K군에게 '이 사람아 이런 너저분한 풍경보다는 구성파가 말하는 기계미가 얼마나 우리 혈관에 전하여 오는 힘센 떨림을 가지고 있는가"라고 말한다. 그리고는 K군이 타고 온 오토바이 동력의 폭음 속에서 미래주의를 선언한 마리네티의 시를 상상한다. 야수파의 원시적 힘과 생명력에 매료되었던 김기림은 마리네티나 페르낭 레제 등이 주창한 스피드와 감각을 강조하는 기계 미학의 세계에서 현대예술의 또 한 방향을 감지한다.

스윗타스는 말하였다.

"무슨 까닭에 우리들의 기계는 아름다운가. 그것은 그들은 일하고 움직이는 까닭이다. 무슨 까닭에 우리들의 집은 아름답지 아니한가. 그것은 그들은 아무일도 하지 아니하고 멍하니 서 있는 까닭이다." 그는 이 짧은 말 가운데 현대시에 대한 매우 중대한 세 개의 명제를 포함시켰다.

첫째, 우리들의 시는 기계에 대한 열렬한 미감을 가지게 되었다는 것.

'운동과 생명의 구체화'(페르낭 레제)로서의 기계의 미를 인정하는 것이다.

그리고 그것은 내일의 사회질서와 인간 생활에 있어서의 새로운 기조가
될 것이다.

둘째, 정지 대신에 동하는 미

그것은 미학에 있어서의 새 영역이며, 시에 있어서의 새 역학의 존중이
다. 행동의 가치에 대한 새 발견이다.

셋째, 일하는 일의 미

다시 말하면 노동의 미다. 움직이지 않는 것은 죽음이다. 움직이지 않는
신, 움직이지 않는 천국, 열반은 죽음의 상태가 아니고 무엇일까. 활동은
생명이다. 진보다. 그것 자체가 미다.[10]

예술에서 속도와 운동성을 강조한 유파는 미래파이다. 이들 덕분
에 이전에는 자연, 종교, 인간, 신화 등에서 아름다움을 찾던 예술가들
은 차가운 기계와 속도, 소음, 운동 등에서 새로운 미의식을 탄생시켰
다. 과거의 유산을 과감히 버리고 새로운 문명의 산물을 적극 받아들
이자는 마리네티의 '미래주의 선언'은 그야말로 파격과 전위를 선도한
예술사조의 등장을 알렸다. 마리네티가 내세운 미래주의 선언 중 일
부를 인용해본다.

"우리는 힘과 위험에 대한 사랑을 노래하겠다"

"우리는 새로운 아름다움, 다시 말해 속도의 아름다움 때문에 세상이 더
욱 멋있게 변했다고 확언한다."

"폭발하듯 숨을 내쉬는 뱀 같은 파이프로 덮개를 장식한 경주용 자동차
포탄 위에라도 올라탄 듯 으르렁거리는 자동차는 〈사모트라케의 니케〉
보다 아름답다"

"시는 미지의 힘들을 인간 앞에 항복하도록 만드는 폭력적 타격이다"

---

10.   김기림, 「포에지와 모더니티」, 『신동아』, 1933. 7.

"우리는 박물관, 도서관, 모든 종류의 아카데미를 파괴하고, 도덕주의, 페미니즘, 모든 기회주의적이고 실용주의적인 비겁함에 맞서 싸울 것이다"

필리포 마리네티 (Filippo Tommaso Emilio Marinetti, 1876-1944)는 1909년 2월 20일, 프랑스의 일간지 《Le Figaro》에 「미래주의의 기초와 미래주의 선언」이라는 글을 발표했다. 자동차의 속도와 기계의 힘에 매료된 그는 예술에서도 근대 과학 기술의 산물인 기계로부터 아름다운 감동을 일으킬 수 있음을 역설한다. 이런 태도는 근대화에 대한 찬양이며, 근대화가 수반하는 모든 속도 혹은 속도를 향한 열망에 대한 찬양이었다. 속도의 미학을 선언하는 그는 뱀 같은 연료 파이프를 장착한 자동차가 사모트라키의 니케보다 아름답다라는 과격한 발언도 서슴치 않는다. '사모트라키의 니케'는 승리의 여신상으로 잘 알려진 BC 190년경에 제작된 작품으로 하늘에서 뱃머리에 내려와 서 있는 날개가 달린 니케를 말한다. 그리스 조각의 완벽한 아름다움을 재현한 것으로 평가받는 이 작품조차 마리네티에게는 박물관에서 만나는 구식, 시대에 뒤쳐진 조각에 불과한 것으로 인식되었다.

근대화와 도시의 문명에 주목하는 김기림은 마리네티와 미래주의 미학이 바로 '자신이 암시하려 한 예술' 그것이라고 분명히 말한다.[11] 그리고 스피드와 감각을 강조하면서 '오토바이 동력의 폭음 속에서 마리네티의 시편을 감상한다'. 뿐만 아니라 마감 시간에 임박한 신문사 기자들의 움직임 속에서 근대 사회가 가진 속도감의 한 단면을 본다.

일찍이 미래파의 화가 '마리네티'는 스물여섯 개의 다리를 가진 말을 그린 일이 있다. 그는 치분(馳奔)하고 있는 말을 어떤 순간에 파악하여 그 순

---

11. 김기림, 「현대시의 전망, 상아탑의 비극: 싸포에서 초현실파까지」, 《동아일보》 1931. 7. 30-8. 29.

그림 21 카를로 카라, 〈붉은 기수 Red Horseman〉, 1913.
카라는 중복된, 말 다리의 이미지를 통해 운동성과 속도감을 드러내고, 팽창된 몸뚱어리를 재현함
으로써 에너지의 충만한 상태를 표현한다. 김기림은 신문을 만들어 내는 사람들에게서도 인간의 한
계를 넘어서는 기계적인 힘을 발견한다.

간 그의 의식에 표상된 그대로의 형상을 '캔바스' 위에 재현한 것이다. 나
는 편집국에 들어선 첫날에 새로 한시 마감 시간을 좌우하여 모든 '테블'
위에서 원고를 만지는 기자들의 손가락의 회전은 실로 '프로펠러'같아
보였다. 그리고 사회부장은 50 이상의 귀를 가지고 있는 것 같았다. 왜
그러냐 하면 간단없는 전화가 그를 습격하기 위하여 모든 순간 순간에
그의 '테블' 위에서 소리치고 있으니까.[12]

마감 시간을 맞추기 위해 급하게 움직이는 손과 몸들, 이런 동작
에서 헬리콥터의 프로펠러를 연상하는 김기림의 생각이 재미있는 글
이다. 신문-미디어는 현대 사회에서 시간 엄수와 정보, 즉 속도와 정확

---

12. 김기림, 「신문기자로서의 최초 인상: 저널리즘의 비애와 희열」, 『철필』 제1권 1호,
     1930. 7.

그림 22　마리네티, 〈자유로운 언어의 첫기록〉, 1914.
자동차, 기차, 말, 비행기 등 속도를 환기하는 대상들을 그리고 있는데, 마리네티는 이런
동력을 내장한 대상들이, 바로 자신이 자유롭게 언어화하는 사물들임을 강조한다. 미
래주의는 과거를 거부하고 움직임, 운동, 소음, 동력을 수용해 세계를 강렬하고 역동적
으로 표현했다.

성을 중요한 가치로 삼는 분야이다. 김기림은 이런 매체를 만들어 내
는 사람들에게서도 인간의 한계를 넘어서는 기계적인 힘을 발견한다.
그리고는 마리네티가 움직이는 말의 역동성을 표현하기 위해 스물여
섯개의 다리를 가진 말을 그렸듯이 신문사 안을 분주하게 뛰어 다니

는 사람들에게서 그런 동력과 활력을 느낀다.

　미래주의자들에게 운동은 분할할 수 없는 지속적인 것이다. 그들은 운동의 이미지를 중복시킴으로써 지속적인 운동을 표현하려 했는데, 같은 시기에 프랑스에서 전개되었던 입체주의와 마찬가지로, 시점을 고정시키지 않고 복수(複數)의 시점에서 움직임을 파악하려고 하였다. 예를 들어 카라(Carlo Carr)나 보치오니(Umberto Boccioni) 는 '달리는 말의 다리는 네 개가 아니라 스무개'라고 기술선언에서 표명하면서 움직이는 대상들의 힘과 속도, 지속성을 드러냈다. 김기림이 인용한 마리네티의 말은 카라의 말이고, 실제 김기림의 글에서 드러난 말과 헬리콥터 등의 이미지는 마리네티의 〈자유로운 언어의 첫 기록〉에 근거해 있는 것으로 보인다.

　한편 김기림은 '운동과 생명의 구체화'로서 기계의 미를 구현하는 화가로 페르낭 레제를 언급하고 있다. 당시 프랑스 화가들 중에서 페르낭 레제(Joseph Fernand Henri Léger, 1881-1955)가 가장 미래주의에 공감했는데, 회화적 표현이 바뀌는 이유는 현대 생활이 바뀌기 때문이라면서 새로운 미학의 출현에 적극적이었다. 그는 1910년경부터 큐비즘 운동에 참가하여 피카소, 브라크, 로베르 들로네 등과 함께 입체파를 이끌어갔으며, 이후 기계문명의 다이나미즘을 표현하기 시작했다.

　레제는 1950년에 건축노동자들에게 바치는 연작 12점을 그렸다. 자연의 풍경이 아니라 도시와 기계 문명 속에 놓인 현대인의 변화를 보여주고 있다. 그는 인체를 기계적 형태로 변형시키면서 산업사회의 인간상을 표현하였는데, 노동자들을 주된 소재로 하였다. 속도와 기계의 사용이 가져오는 현대생활의 변화에 주목했던 레제로서는 노동자의 터전이 되는 도시와 공사장은 화폭에 담을 주요 공간이었을 것이다. 이는 앞의 인용문「포에지와 모더니티」에서 김기림이 기계의 움직임과 인간의 노동을, 생명과 힘을 내장한 미학으로 동일하게 파악하고 있는 것과 같은 맥락에서 이해할 수 있다.

그림 23 페르낭 레제, 〈건설자들 Les constructeurs〉, 1950.
젊은 시절 반(半)추상을 추구했던 레제는 파랑, 빨강, 노랑의 삼원색에 기초한 후기 입체파(post-cubist) 회화를 통해 두껍고 분명한 윤곽선으로 숙련공, 육체노동자, 건설 노동자 등을 찬양하는 작품을 그렸다.

지식계급의 말은 물론 이러한 유한계급의 말과는 다르다. 그러나 그들이 걸머진 문화의 피로는 그들의 말에 심각하게 영향하여 많이 활기를 잃어버리고 있다. 그래서 오늘의 시에 쓰여지는 말에는 다소의 피로와 무기력이 섞여 있음을 면치 못할 것이다. 그러나 조만간 시인은 그들이 구하는 말을 찾아서 가두로 또 노동의 일터로 갈 것은 피하지 못할 일이다. 거기서 오고 가는 말은 살아서 뛰고 있는 탄력과 생기에 찬 말인 까닭이다. 가두와 격렬한 노동의 일터의 말에서 새로운 문체를 조직한다는 것은 이윽고 시인내지 내일의 시인의 즐거운 의무일 것이다.[13]

김기림은 새로운 시의 주체로 가두와 일터의 주체인 노동자를 내세운다. 그들의 말이 살아 있고, 탄력과 생기가 있기 때문이다. 유한계급, 즉 부르주아와 지식계급의 말은 문화의 피로 때문에 활기를 상실했으므로 거부한다. 따라서 오늘의 새로운 시는 길거리와 일터에서 오고가는 생명력 있는 말을 찾아야 한다. 정통적인 방식이 아니라 길거리를 떠도는 언어를 가져와 미래를 지향할 시학을 만들어야 한다는 다다이즘이나 초현실주의와 맞닿은 이런 논리는 기존의 관습과 시학의 방식을 거부한 토양 위에서 새로운 현대예술과 그 주체가 창안될 수 있음을 의미한다.

당대 그 어떤 예술가보다 서구의 예술이론과 근대문명의 방향에 대한 인식이 명확했고 지식이 풍부했던 김기림. 그가 야수파와 미래주의를 통해 한결같이 얻고자 했던 것은 바로 근대 문명의 황혼과 식민지 현실을 타개할 힘과 주체가 아니었을까.

---

13.   김기림, 「오전의 시론: 시의 용어」, 《조선일보》 1935. 9. 27.

김광균: 풍경의 인상주의적 재현과 멜랑콜리

정서의 조형화와 이미지즘

한국 현대시사에서 1930년대 시인과 화가의 교류를 기억하는 다수의 글을 남긴 김광균, 그 자신 역시 회화적 상상력을 기반으로 '소리조차 모양으로 번역하는' 탁월한 이미지스트로 잘 알려져 왔다. 당대에 김광균과 함께 문단 활동을 했던 시인이자 이론가였던 김기림은 김광균의 문법과 어법이 과거와는 다른, 특이하고 기이한 재주에서 비롯된 것이며 현대적인 것이라고 극찬했다.

> 김광균씨의 〈瓦斯燈〉에서 오는 驚異란 주장 어대서 오는 것일가? 그것은 우리가 공감할 수 있는 현대의 방언인 때문이 아닐가? 우리는 과거의 문법과 어법을 한가지를 쓸 대를 써버려서 그것은 우리의 객관적 인식과 주관적 정서를 記號하는 수단으로서 너무 낡아버린 것을 느낀다. (중략) 그는 맨 처음부터도 특이한 방언을 가지고 나타났다. 그것이 우리의 요망을 유달르게도 만족시키는 작용을 가춘 것을 사람들은 그리 주의하지 않았다. 소월이나 박용철씨가 아모리 울라고 強勸해도 울지 못하던 사람들도

슬픈 도시엔 일몰이 오고

時計店 지붕위에 청동비둘기

바람이 부는 날은 구구 울었다

(김광균씨의 廣場의 一節『瓦斯燈』속에서)

에 이르러서는 어느새 제 자신의 소리없는 흐느낌 소리를 깨처 듣고는
놀랐다. 그가 전하는 의미의 비밀은 임화씨도 지적한 것처럼 그 회화성
에 있는데 사실 그는 소리조차를 모양으로 번역하는 기이한 才操를 가
졌다.[1]

　　김기림은 김광균의 작품이 현재를 살아가는 우리들의 감정과 정
서를 충분히 드러내는 새로운 언어와 문법을 갖고 있음에 주목하면서
그 세계의 근원에 회화적 상상력이 놓여 있음을 밝히고 있다. 그리고
이런 회화적 특성이 바로 근대 정신의 산물임을 강조한다. 즉 르네상
스 시대 미켈란젤로나 레오나르도 다 빈치가 추구했던 근세문명의 정
신이 조소의 정신이었으며, 이런 흐름이 20세기 초 입체파에 의해서
더욱 고조되었는데, 이는 현대인이 겪는 불안, 동요의 정서를 조형예
술의 형태를 통해 고정시키려는 의욕의 발현이라고 설명한다. 이런 맥
락에서 김광균의 회화적 상상력은 현대시의 중요한 방향을 실현하고
있다고 평가한다.

　　임화 역시 김광균의 시를 통해 언어가 얽는 미묘한 회화를 감상
하게 되었다고 했는데 '이브 땅키의 회화와 루이 아라공의 시가 한 붓
이 그린 두 가지의 예술'이듯 김광균의 시에서도 시와 회화 모두를 만
날 수 있음을 강조한다. 임화는 각기 다른 장르의 예술가에게서 동일
한 예술정신을 보고 있는데 이는 김광균 역시 회화에 관심이 있었으

1.　　김기림, 「시단의 動態」, 『인문평론』, 1939. 12.

그림 24 고흐, 〈아를의 도개교 Langlois bridge at Arles〉, 1888.
고흐는 아를에서 도개교에 관한 많은 데셍과 유화를 그렸다. 연작 중의 하나인 위의 작품은 밝은 광
선에 맑고 푸른 하늘과 물빛이 아름다운 작품으로 고흐의 화풍을 창조한 작품으로 평가받고 있다.

며 그것이 시인에게 미적 경험의 원천이 되고 있음을 시사한다.[2]

　이와 같이 김광균은 1930년대 시단에서 회화적 상상력을 시를 통해 보여준 시인 중의 하나였는데 그 자신 역시 서양 회화 감상이 詩作에 결정적인 영향을 주었다고 고백했다. 특히 고흐의 그림은 그를 전율시켰다.

　고호의 〈水車가 있는 架橋〉를 처음 보고 두 눈알이 빠지는 것 같은 감동을 느낀 것도 그 무렵이다. 그때 느낀 유럽 회화에 대한 놀라움은 지금도 생생하다. 세계 미술전집을 구하며 거기 침몰하는 듯하여 나는 급속히

2.　임화, 「시단의 신세대」, 《조선일보》 1939. 8. 18-26.

회화의 바다에 표류하기 시작했다. 시집보다 화집이 책상위에 쌓이기 시작하였고, 내 정신세계의 새로운 營養은 이렇게 해서 이루어진 것 같다.[3]

김광균을 강렬하게 사로잡은 〈수차가 있는 가교〉는 '아를의 도개교(跳開橋)'를 일본 화집에서 이런 제목으로 번역한 것으로 보인다. 고흐는 이 장소에 대해 많은 애정을 갖고 있었다. 빨래하는 아낙네나 다리 위의 마차를 넣기도 하고 빼기도 하면서 유화, 수채화, 데생 등을 다양하게 그렸다. 고흐(Vincent Willem van Gogh 1853-1890)가 아를에 머문 시기(1888년 2월-1889년 5월)는 그의 천재성이 절정에 이르렀을 때로 평가받는다. 이 시기 고흐는 그 스스로 인상주의에서 벗어나 테크닉을 탐구하기 시작했다고 하는데 실제 인상주의로부터 점차 벗어나기 시작했다. 그러나 여전히 그는 색채의 조화를 잃지 않았으며 태양과 별빛, 자연과 풍토를 자신의 화폭에 옮겨 놓음으로써[4] 인상주의 풍경화의 화풍을 지속하고 있었다. 〈아를의 도개교〉 역시 파란 물빛과 하늘 빛, 그리고 노랑과 초록 풀색 등이 선명하고 화사하며 부드러운 인상을 만들어 내면서 그 풍경이 고흐에게 얼마나 아름답고 경이로운 장면으로 다가왔을까 상상하도록 한다. 김광균 역시 화폭 안에서 빛나는 그 풍경 속에 빠져 침몰하고 표류했었다고 기억한다. 고흐의 작품을 포함하여 인상주의 풍경화들은 김광균의 감성과 감각을 움직였는데 이런 상황은 1930년대 쓰인 그의 작품 대부분이 인상주의 풍경화를 그리듯이 원경에서 자신의 주관과 감각에 의해 풍경이 그려지고 있다는 사실을 통해 잘 드러난다. 예를 들어 그는 「창백한 構圖」, 「風景畵」, 「벽화」, 「풍경」, 「뎃상」 등 그림을 떠올릴 수 있는 제목들의 시를 짓는데, 시를 들여다보면 그것은 마치 한 폭의 풍경화처럼 언어와 이미지가

---

3. 김광균, 「三十年代의 畵家와 詩人들」, 『와우산』, 범양사출판부, 1978.

4. 모리스 세뤼라즈(Maurice Serullaz), 『인상주의: 태동에서 절정까지, 그리고 그 주변 이야기』, 최민 옮김, 열화당, 2000, 147면.

구성되어 있다.

인상주의란 19세기 후반 프랑스에서 발전했던 회화의 한 유파에 주어진 이름이다. 그것은 감각적으로 느낀 인상을 순수하고 단순하게 묘사하는 것으로 이루어진 회화적 체계인데, 화가는 일반적으로 인정되고 있는 규칙에 구애됨이 없이 그 자신이 개인적으로 느낀 인상에 따라서 재현한다. 이와 같은 정의는 곧 이 회화가 전혀 지적인 것이 아니라는 점을 나타낸다. 즉 인상주의 회화는 화가 자신의 인상, 외부대상이 감각 기관에 작용함으로써 생겨난 다소간 두드러진 효과를 재현하려고 애쓴다. 따라서 화가는 화폭 위에 사물에 대해서 알고 있는 지식이나 교육받은 과정에서 배운 것이 아니라 대상에 대한 자신의 특수한 시각을 드러낸다.[5] 종교화나 역사화의 소재가 아니라 끊임없이 새롭게 변화하는 세계에 대한 재현이 이들의 관심이었으며 특히 빛의 변화에 의해 결정되는 자연이 인상주의 회화의 소재이자 주제였으므로 풍경화가 가장 많이 선택되었다. 자연에는 인상주의 화가들이 관심을 끄는 순간적이고 덧없는 상태인 바다, 수평선, 구름, 태양과 빛의 진동, 연기와 수증기 등 유동적인 것이 많이 존재한다. 화가들은 이런 존재들을 자신의 화폭에 담으려 노력했고 때문에 그들은 아틀리에가 아니라 야외에서 작업했다.

인상주의 회화가 많이 그려지던 때 시인과 문학가들은 인상주의 작품에서 다루는 테마들을 자신의 작품에 반영했다. 그들 역시 물, 햇빛, 흔들림, 반사광, 바람 등등을 노래하였으며 작품의 세계를 회화적으로 재현해내었다. 문학에서 인상주의를 가장 잘 구현한 사람은 마르셀 프루스트였는데 그는 풍경 앞에선 그의 감각을 한 폭의 인상주의 그림으로 서술한 것으로 유명하다.

5.　앞의 책, 7면.

해는 지고 사과나무들 너머 바라보이는 바다는 자주빛이다. 푸른 빛, 장미 빛 구름 조각들이 수평선 위에 마치 시들어 버린 옅은 색깔의 화관처럼 가볍게, 그리고 회한처럼 끈덕지게 둥둥 떠 있다. 우울하게 열을 지어 서 있는 포플러 나무들이 어둠속에 잠기고 있다. 교회당의 창문 안에 고통을 참고 있는 한 사람의 머리가 보인다. 꺼져가는 마지막 햇살이 그 나무들의 큰 줄기에는 미치지 않고 가지들만 물들이고 있다. 열지어 있는 그 어두운 가지들에 기다란 빛의 꽃 넝쿨들을 걸어 놓으면서.[6]

저물어 가는 하늘과 자줏빛 바다, 수평선 위에 시들은 화관처럼 둥둥 떠 있는 장미빛 구름 조각들, 열 지어 서있는 포플러 나무들……. 프루스트가 재현하는 저무는 바다의 풍경은 시들고, 우울하고, 꺼져가고, 어둡다. 프루스트는 우울한 정서를 환기하면서 풍경을 자신의 색채로 물들인다. 소멸해가는 빛을 의식하면서 그 풍경들을 이런 정서와 색채로 재현하는 것은 오로지 프루스트 자신의 주관이며 감각이다. 1930년대 인상주의 회화에 침잠해 있던 김광균은 산문이나 시 작품 모두에서 풍경화를 재현하는데, '첨탑이 있는 풍경'이라 제목이 붙은 아래의 산문은 프루스트의 글처럼 원경(遠景)의 묘사와 시인 자신의 정서를 이미지화 하고 있다.

영화 〈白き處女地〉에서 본 카나다의 수도 도시에 서 있던 가톨릭 교회의 첨탑은 훌륭한 시였다. 언제 서 있었는지 東本町 초가지붕 위에도 소박한 衣裳을 한 敎堂이 하나 우뚝 서 있다. 겨울 가까운 흐린 하늘을 날카롭게 찌르고 서 있는 빼빼 마른 종루에서 황혼이면 늦은 종소리가 분수같이 퍼진다. 뒷수풀엔 노을이 흘러가고 안개에 잠긴 가로 위에 눈에 보이지 않는 어둠이 퍼져갈 때 언덕에 올라 우두커니 앉아 있으면 내 초라

---

6.   마르셀 프루스트(Marcel Proust), 「쾌락의 나날(Les Plaisirs et les Jours)」, 앞의 책, 14-15면 재인용.

한 옷은 담뿍 종소리에 젖고 만다.[7]

황혼 속에 우뚝 서있는 첨탑, 안개에 잠긴 가로와 어둠, 저물어가는 하늘빛과 풍경을 바라보는 고즈넉한 마음……. 이런 마음으로 퍼붓는 분수 같은 종소리. 김광균은 영화 속에 펼쳐진 첨탑의 풍경이 시(詩)로 다가왔다고 한다. 그래서일까. 제목도 「외인촌」인 아래의 작품은 영화 속에서 본 캐나다의 풍경과 그 느낌이 작품 탄생의 배경인 것으로 추측된다.

하이얀 모색(暮色) 속에 피어 있는

산협촌(山峽村)의 고독한 그림 속으로

파아란 역등(驛燈)을 달은 마차가 한 대 잠기어 가고

바다를 향한 산마루 길에

우두커니 서 있는 전신주 위엔

지나가던 구름이 하나 새빨간 노을에 젖어 있었다.

바람에 불리우는 작은 집들이 창을 내리고

갈대밭에 묻힌 돌다리 아래선

작은 시내가 물방울을 굴리고,

안개 자욱한 화원지(花園地)의 벤치 위엔

한낮에 소녀들이 남기고 간

가벼운 웃음과 시들은 꽃다발이 흩어져 있었다.

외인 묘지의 어두운 수풀 뒤엔

밤새도록 가느단 별빛이 내리고

7.　　김광균, 「'첨탑이 있는 풍경'—풍물 일기」, 앞의 책.

공백(空白)한 하늘에 걸려 있는 촌락의 시계가
여윈 손길을 저어 열 시를 가리키면
날카로운 고탑(古塔)같이 언덕 위에 솟아 있는
퇴색한 성교당(聖敎堂)의 지붕 위에선

분수처럼 흩어지는 푸른 종소리.

  - 김광균, 「외인촌」

5연으로 구성된 「외인촌」은 회화적, 감각적 이미지에 주력하면서 공간적 구도를 중심으로 다섯 개의 장면을 보여주고 있다. 1연은 저물어 가는 황혼을 배경으로 달리는 마차, 2연은 돌다리 아래로 흐르는 물방울, 3연은 화원지 벤치에 놓인 시들은 꽃다발, 4연은 외인 묘지에 내리는 별빛, 5연은 높은 탑 위로 울려 퍼지는 푸른 종소리. 이 장면들에 등장하는 존재들은 빛의 변화, 물과 공기의 흐름, 소리의 움직임 등 인상주의에서 즐겨 다루던 유동적인 존재들이고 이들을 의식하는 시인의 내면은 고독하고 애상적이다.

  1연에서 '산협촌의 고독한 그림'은 '하이한 모색'과 '파란 역등을 단 마차', '전신주와 새빨간 노을'을 통해 감각적으로 제시되고 있다. 이국적 풍경을 떠올리게 하는 이 장면은 '고독한', '잠기어 가는', '우두커니 서있는' 산촌의 고즈넉하고 정적인 분위기가 흰색, 파란색, 빨간색의 선명한 색채 대비를 통해 강조되고 있다. 2연에서도 창을 내린 작은 집이나, 갈대 밭, 그리고 그 밑을 흐르는 물―이때 시인은 시내를 '물방울'이라는 형태로 바꾸고 있다. 이들은 모두 산골마을의 적막함을 표현해주고 있다. 3연에서는 시들은 꽃다발이 시간의 흐름과 함께 존재의 애상감을 불러일으킨다. 4연에서는 어두운 수풀과 가느란 별빛이 대조되면서 저물어 가고 있는 하늘의 어둠이 강조되고 있다. 5연의, 어둔 밤하늘에 분수처럼 흩어지는 푸른 종소리는 시리고 우울한 푸름의 이미지를 강화하고 있다. 이런 이미지의 재현에 의해 외인촌은 고독한 풍경화로 우리 앞에 다가온다.

고독과 우수를 환기하는 한 폭의 풍경화를 펼쳐놓은 듯한 김광균 시의 회화적 특성에 관해 임화는 김기림의 이미지즘이 지성과 새타이어의 성격이 있는 것임에 비해 김광균의 이미지즘은 고독과 비애가 가득찬 시인의 내면의식과 연관되고 있음을 지적한 바 있다. [8] 즉 임화는, 김광균의 이미지즘이 개인의 이지(理智)보다는 감성과 관련되고 있음에 주목한 것이다. 그러나 한편으로 김기림은 김광균의 시에 나타나는 조형적, 회화적 요소란 현대적 불안의식을 조형적 구조가 상쇄시켜주고 있는 것이라고 설명하면서 그의 이미지즘과 흄의 이론을 관련시키고 있다.

생성하고 변화하는 것을 꺼리고 따라서 그러한 것과 운명을 공유하는 것을 불쾌하게 생각하고 無機的인 幾何學的인 예술을 고조한 'T. E. 흄'의 이론은 안으로 돌아가 보면 사실은 동요 속에서 안정을 찾는 열렬한 소리였다. 회화적인 寫像派는 그리해서 흄의 이론의 온상에 눈 틀수 있었던 것이다. 음악적인 것 그것은 비유적으로는 사라져 가는 것 동요하는 것이다. 회화적인 것 그것은 영속하는 것 고정하는 것이다. 김씨의 시에서 부대치는 것은 이러한 끊임없이 안정을 구하는 정신이 아닐가?[9]

말하자면 김기림은 김광균의 이미지즘을 불연속적 세계관과 기하학적 예술에 바탕을 둔 지적인 작업의 산출물로 이해하고 있다. 사라져가고 소멸해가는 세계가 현대의 특성이고 김광균의 정서가 이를 회화적 조형성으로 적절하게 통제하고 있다는 의미이다. 김기림의 이

8.	임화, 앞의 글.
9.	김기림, 앞의 글.

런 논의는 흄(Thomas Ernest Hulme, 1883-1917)의 이미지즘에 대한 이해를 근거로 이루어진 것이다. 그러나 김광균의 시와 이미지즘은 흄이 주장한 이미지즘과는 다른 관점에서 이해될 필요가 있는데 이는 김광균이 인상주의 화풍을 좋아했으며 인상주의가 환기하는 정서와 분위기에 집중하고 있었다는 점에서 그 근거를 생각해 볼 수 있다. 흄은 낭만주의 예술의 대안으로 기하학적 예술과 고전주의 양식을 제시하면서 시적 감정의 절제와 통제, 정확하고 정밀한 묘사 등을 강조하는 이미지즘을 강조했다. 말하자면 김기림이 현대의 시는 의식하고, 제작하는 시여야 한다는 논리는 흄이 말하는 이미지즘 시학과 맞닿아 있다. 그러나 이와 달리 김광균이 추구하던 인상주의 화풍의 근저에는 낭만주의가 놓여 있다.

낭만주의 시대에는 인간의 감정과 욕망이 투사되고, 표출되는 공간으로 자연의 재현이 부상하였다. 회화 분야에서 빛을 이용한 공간의 입체감 표현과 화가 관점에 의한 공간의 재구성은 자연을 통해 인간의 주관과 감정, 욕망 등을 성찰하도록 하였다. 그리하여 자연을 그리는 것은 고양되어 있으면서도 동시에 우수에 젖은 작업의 성격을 갖게 되었다. 살롱에서는 풍경화라는 명칭으로 자연의 재현물이 전시되었는데 이런 화풍은 도시를 소재로 그릴 때도 지속되었으며 동시대 문학에서도 '풍경'이라는 용어를 사용하도록 했다. 때문에 발자크는 자신의 소설 한 장에 '파리의 풍경'이라는 이름을 붙였고, 보들레르 역시 『악의 꽃』에 '파리 사람들의 모습(Tableaux Parisiens)' 첫 번째 시에 풍경(Paysage)이라는 제목으로[10] "안개 사이로 보이는 풍경은 즐겁다/ 창공에 별 나타나고, 창마다 불이 켜지고,/ 철철 넘치는 매연이 창공으로 솟아오르고,/ 달은 파리한 매혹을 쏟아 붓는다" 라며 황홀한 도시의 추와 악을 그리고 있다. 인상주의자들이 도시에 주목하는 이유는 인상주의

---

10. 다니엘 베르제, 『문학과 미술』, 김모세·임민지 옮김, 시와 진실, 2009, 41-42면.

그림 25 모네, 〈인상-해돋이 Impression, The Sunrise: soleil levant〉, 1872.
1874년에 열린 제1회 인상파전에 모네가 출전한 작품이다. 그러나 출품된 작품이 물체 본래의 색깔을 쓰지 않고, 신선하고 밝은 색채로만 그려진 데 대해 비난과 공격을 받았다. '인상파'라는 말은 이때 모네의 작품을 야유한 데서 나온 말이라고 한다. 빛과 색채에 대한 감각을 일깨우려는 모네의 바람은 회화의 고전적인 구성의 법칙에 위배되는 것이었다. 이러한 의미에서 인상주의 회화는 감각적인 경험을 강조한 19세기 프랑스 문학에 견주어진다.

자들이 빛의 변화처럼 시간의 경과를 의미하는 움직임이나 이동하는 것들을 나타내고자 했기 때문이다. 급속한 산업화가 인간 정신과 삶에 큰 변화를 초래하는 상황 속에서 인상주의 그림은 시간에 대한 당대인의 의식을 증언하고 있다.[11]

한편 자연에 대한 매혹은 여행을 불러일으켰는데 여행지의 풍경에 대한 재현부터 여행을 매개하는 근대적 변화들—도로, 다리, 기차, 선박 등—의 재현까지, 인상주의자들은 자신의 감각에 새롭게 다가오

---

11. 리콜 튀펠리,『19세기 미술』, 김동윤·손주경 옮김, 생각의 나무, 2005, 75면.

는 풍경들을 그들의 의식 속에서 새롭게 재구성하고자 했다. 잘 알려진 모네의 〈생 라자르驛 La Gare Saint-Lazare〉 풍경화 연작은 변화와 소멸에 대한 인상주의자들의 내면을 잘 보여준다. 모네는 정거장에서 볼 수 있는, 순간적으로 사라지고 끊임없이 새로 생겨나는, 미묘한 뉘앙스로 물들여졌다가 곧 대기 속에 사라져버리는 연기와 안개에 매료되었다고 한다. 모네의 이런 관심은 나중에 수련 연작들로 이어지는데 대기 중으로 순간적으로 사라지는 덧없는 양상들에 대한 관심은 이때부터였다고 한다.[12]

---

12.   모리스 세륄라즈, 앞의 책, 78면.

시간을 사는 존재들의 풍경

〈개양귀비꽃〉을 그릴 즈음 모네(Claude Monet 1840-1926)는 강렬한 빛, 미묘한 분위기, 햇빛과 반사 광선의 사실적이며 시적인 느낌, 순수한 색채의 하모니 등을 작품을 통해 구현하려 했다. 그는 빛을 연구하기 위해 배를 타고 세느강에서 많은 시간을 보내기도 하였다. 〈개양귀비꽃〉 역시 명징한 빛의 색감을 추구하면서 자신만의 색채를 드러내려 노력한 작품이다. 화면 가운데 늘어선 진녹색의 나무들은 하늘과 들판을 분리시킴으로써 하늘 빛과 수풀의 색을 대비시키고 점점(點點)으로 터치된 개양귀비의 빨간 반점, 푸른 하늘과 솜털 구름, 가운데 멀리 보이는 건물, 포즈를 취한 여인의 옷과 푸른색 양산 각각의 존재들은 빛을 받고 자신의 색채로 빛나고 있다. 이 작품은 야외 사생화, 데생의 무시, 풍경의 우위성, 미완성으로 끝난 것 같은 터치 등에 의해 인상주의 회화가 가진 모든 특징을 한눈에 보여주는 작품으로 평가받는다. 김광균의 「山上町」은 마치 모네의 〈개양귀비 꽃〉을 배경으로 하고 있는 듯하다.

그림 26　모네, 〈개양귀비꽃〉, 1873.
모네는 풍경화를 통해 강렬한 빛, 미묘한 분위기, 햇빛과 반사광선의 사실적이며 시적인 느낌, 순수
한 색채의 하모니 등을 구현하려 했다. 〈개양귀비꽃〉은 야외 사생화, 데생의 무시, 풍경의 우위성,
미완성의 터치감 등 인상주의 회화의 모든 특징을 한눈에 보여준다.

카아네이션이 흩어진 석벽 안에선

개를 부르는 女人의 목소리가 날카롭다.

동리는 발 밑에 누워

먼지 낀 挿畵같이 고독한 얼굴을 하고

露臺가 바라다보이는 洋館의 지붕 위엔

가벼운 바람이 旗幅처럼 나부낀다.

한낮이 겨운 하늘에서 성당의 낮 종이 굴러내리자

붉은 노우트를 낀 少女 서넛이

새파란 꽃다발을 떨어뜨리며

햇빛이 퍼붓는 돈대밑으로 사라지고

어디서 날라온 피아노의 졸린 餘韻이
고요한 물방울이 되어 푸른 하늘에 스러진다.

우유차의 방울소리가 하 -얀 오후를 싣고
언덕 넘어 사라진 뒤에
수풀 저쪽 코오트 쪽에서
샴펜이 터지는 소리가 서너 번 들려오고
겨우 물이 오른 白樺 나무 가지엔
코스모스 꽃잎같이
해맑은 흰 구름이 쳐다보인다.

– 김광균, 「山上町」

위의 작품은 산꼭대기 위에 있는 마을의 풍경을 재현한 작품이다. 흩어진 카네이션, 먼지낀 삽화처럼 누운 동리, 새파란 꽃다발과 소녀들, 푸른 하늘, 우유차가 사라지는 언덕 등 산마을의 모습을 나누어 그리고 있다. 그들이 합쳐져 평화롭고, 고요한 시간 위에 놓인 산마을의 풍경을 만든다. 흩어진 꽃잎들, 수풀이 있는 언덕, 해맑은 구름, 햇빛이 퍼붓는 돈대, 푸른 하늘, 여인과 소녀들……「山上町」에 등장하는 시적 존재들은 모네의 풍경화에서 만난 바람과 구름과 햇빛과 닮아 있는 것 같다.

모네의 작품이나 김광균의 시에 나타나듯 빛에 민감하다는 사실은 시간의 흐름을 인식한다는 것이며 햇빛 아래 찬란히 빛나던 사물들, 삶들이 맞이하는 소멸과 그에 따르는 비애감을 함축하고 있음을 의미한다. 김광균의 시가 삶에 대한 애상감과 적막감을 주조로 하고 있음은 이런 의식과 무관하지 않을 것이다. 또한 이는 김광균 개인이 가지고 있었던 문학적 성향과 상통한 것이기도 하다. 김광균은 문학

소년 시절 이시카와 다쿠보쿠(石川啄木, 1886-1926)에 열광하던 그 시간을 한 폭의 풍경화로 기억하고 있다. 일본 낭만주의 거장 다쿠보쿠의 시를 읽으며 자남산 꼭대기 송림 속에 누운 김광균은 마치 풍경화 속, 원경(遠景) 속에 한 점으로 놓인 주인공 같다. 이시카와 다쿠보쿠는 일본의 시인이자, 가인(歌人)으로 짧은 단가를 통해 슬픔의 정서와 사랑과 그리움, 유랑하는 의식 등을 드러내었다. 그의 시는 당대 일본에서도 널리 애송되었고 윤동주, 백석 등 한국의 많은 시인들이 그의 시를 좋아했다.

> 분주히 퍼붓는 일광에 松林의 한낮은 자깐 촬영소의 세트같이 번화한 인상을 준다. 시외 양철지붕이 햇빛에 번쩍이고 발 앞에 校舍는 과자 상자 같이 식욕을 일으키게 한다. 이 閑雅한 풍경 위엔 까마귀가 서넛이 날개를 떨어뜨리고 풀밭에 누워있으면 물결소리인지 바람소리인지 머리 위로 지나가는 소음이 페이소스한 감상을 건드린다.
>
> 啄木에게 경도하던 때 그의 가집을 끼고 건방진 문학소년이었던 나는 늘 이 송림 속에 올라와 혼자 메뚜기같이 슬픈 표정을 하고 있었다. 열 여덟 살 전후의 진한 감상 속에서 啄木의 가집은 분명히 경이에 찬 '바이블'이었다. 啄木이 그의 澁民村을 떠난 것이 열아홉이었으니까 이 문학 소년의 세계와도 다소의 공통성이 있었을 것이다. 그의 전기(吉田孤羊)에서 啄木이 나에게 지지 않게 수풀의 감상을 좋아한 것을 발견하고 흥분하던 계절이었으니까 나에게는 퍽 아름다운 향훈을 가졌던 시대였는지도 모른다. 자남산 위에 우뚝 솟은 수풀을 오랫동안 못 잊는 것도 이런 삽화를 가졌기 때문인지는 나 스스로도 모르는 바이나, 즐거운 회상의 하나인 것만은 틀림없다.[13]

---

13.   김광균, 「石川啄木과 솔밭: 풍물일기」, 앞의 책.

다쿠보쿠가 슬픔과 고독을 주요 정서로 하는 낭만주의 시를 쓰고 있었다는 사실은 김광균의 시의식과 맞닿아 있다. 시인 주관성의 강조, 잃어버린 존재들에 대한 그리움과 상실감, 고독감 등은 김광균의 작품에서도 쉽게 찾을 수 있는 특성이다.

향료를 뿌린 듯 곱-다란 노을 우에
전신주 하나 하나 기울어지고

면—高架線 우에 밤이 켜진다.

– 김광균, 「뎃상」부분

일반적으로 데생, 소묘(素描)는 채색을 쓰지 않고 주로 선으로만 표현하는 회화 양식이다. 김광균은 저물어가는 도시의 밤을 '뎃상'이라고 제목을 붙여 재현하고 있는데 이는 전체적인 풍경의 구도를 보여준다는 의미로 이해할 수 있다. 낭만주의 화가들이 자연의 풍경뿐만 아니라 시시각각 변화하는 도시의 풍경에도 매혹되었듯이 김광균 역시 도시의 삶에 관심을 갖고 이를 회화적으로 재현하려 애썼는데,「瓦斯燈」이야말로 도시의 풍경을 재현한 가장 대표적인 작품이다.

차단-한 등불이 하나 비인 하늘에 걸려 있다
내 호올로 어딜 가라는 슬픈 신호냐

긴- 여름 해 황망히 나래를 접고
늘어선 고층, 창백한 묘석같이 황혼에 젖어
찬란한 야경 무성한 잡초인 양 헝클어진 채
사념 벙어리 되어 입을 다물다

피부의 바깥에 스미는 어둠
낯설은 거리의 아우성 소리

까닭도 없이 눈물겹고나
공허한 군중의 행렬에 섞이어

내 어디서 그리 무거운 비애를 지고 왔기에
길-게 늘인 그림자 이다지 어두워

내 어디로 어떻게 가라는 슬픈 신호기
차단-한 등불이 하나 비인 하늘에 걸리어 있다

– 김광균, 「瓦斯燈」

김광균이 그려낸 도시의 우울과 차가움은 보들레르가 극찬한, 평생을 채색 없이 동판작업을 통해 도시의 삶을 재현한 메리옹(Charles Méryon 1821-1868) 작품의 분위기이기도 하다. 늘어선 고층은 창백한 묘석으로, 찬란한 야경은 무성한 잡초로, 군중은 공허한 무리들로 묘사되고 있다. 이처럼 「瓦斯燈」이 재현하는 도시 풍경의 중심에는 저물어가는 햇빛을 대신해 비인 하늘에 걸려 거리를 밝혀주는 하나의 등불 '와사등'이 놓여 있다. 더 이상 햇빛 아래 반짝이는 존재들은 없다. 빛을 의식하면서 시간을 사는 존재들의 유한성. 이는 김광균 시의식의 심연에 자리한 삶에 대한 애상감과 고독이 탄생하는 지점이었을 것이다.

그림 27 메리옹, 〈작은 다리 Le Petit Pont〉, 1850.

도시 삶에 민감했던 보들레르는 도시를 주제로 한 회화에 깊은 관심을 갖고 있었다. 파리의 풍경을 에칭으로 재현한 화가 메리옹은 보들레르가 극찬한 화가이다. 이 그림은 먼 거리에서 도시를 흐르는 강물, 건물들, 그리고 그 주변에 살아가는 사람들을 우울한 빛으로 재현하고 있다.

이상: 아방가르드 시학과 추상주의

언어의 조형성과 텍스트의 입체화

이상의 정신적 동지였던 김기림은, 이상이 잉크로 시를 쓴 것이 아니라 제 혈관을 짜서 시대의 혈서를 썼다고 추억했다. '세속에 저항하던 한 악한 精靈이었던' 李箱, '박제가 되어 버린 천재'. 자신이 살던 시대에 저항하며 근대 문명을 뛰어 넘으려 했고 다양한 현대예술에 대한 뛰어난 식견과 영감을 가진 천재적 예술가 이상. 시인, 소설가, 화가, 미술 및 문학 평론가, 건축가 등 그의 예술적 정신과 상상력은 20세기 초 문화의 다방면에 걸쳐 있었다.

> 그곳의 실내장식에는 '제비'의 것에보다도 좀더 이상의 '괴팍한 취미' 내지 '악취미'가 나타나 있었다. 결코 다른 다점(茶店)에서는 통용되지 않는 괴이한 형상의 다탁이며 사면 벽에 그림이나 사진을 걸어놓는 대신 '르나-르'의 《전원수첩》에서 몇편을 골라 붙여 놓는 등 일반 선량한 끽다점 순방인(喫茶店 巡訪人)의 기호에는 결코 맞지 않는 것이었다.[1]

---

1. 박태원, 「이상의 片貌」, 『조광』, 1937. 6.

이상이 제비, 무기, 식스나인 등의 다방을 운영했던 것은 잘 알려진 사실이다. 또한 다방이 당대 예술가들의 공동체가 되길 희망했었던 것 역시 지인들의 기억을 통해 알려졌다. 그의 다방에는 늘 바이올리니스트 미샤 엘만(Misha Elman)의 바이올린 협주곡이 흘러나왔고, 벽면에는 쥘 르나르(Jules Renard)의 에피그램을 걸어 두었다. 말하자면 이상은 자신의 다방을 단지 차를 마시는 곳이 아니라 예술적인 공간으로 만들고자 했는데, 그는 이런 공간의 모델을 푸치니의 오페라 〈라보엠〉에서 가져왔다. 이상의 친한 친구였던 문종혁의 기억에 의하면 이상은 19세기 초 파리의 가난한 예술가들의 보헤미안적 삶과 사랑을 그린 〈라보엠〉을 좋아했으며, 이상의 종합예술적인 취향이 라보엠과 닮아 있음을 언급했다.[2] 때문에 친한 문우였던 소설가 박태원의 기억처럼 그 다방은 괴이하고, 괴팍한, 이상만의 예술적 감성으로 채워져 있었다.

이상의 다방을 기억하는 친구들의 이야기 속에 르나르는 자주 언급되고 있다. 왜 이상은 르나르를 좋아했을까. 이상이 다방의 벽에 걸어 놓았다던 르나르의 단문이란 이런 것이었을까.[3]

녹색 도마뱀

칠 주의!

나비

반으로 접힌 사랑의 편지가 꽃의 주소를 찾고 있다

---

2.   문종혁, 「심심산천에 묻어주오」, 『여원』, 1969. 4.
3.   쥘 르나르, 『자연의 이야기들』, 박명욱 옮김, 김연주 그림, 문학동네, 2002, 101면, 129면, 120면.

개미와 새끼 자고새

개미는 숫자 3을 닮았다.

여기도 3! 저기도 3!

333333333333……이 끝도 없다.

소설『홍당무』로 알려진 프랑스 작가 쥘 르나르(Jules Renard, 1864-1910)는 1896년에 단문 모음집『자연 이야기들(Histoires Naturelles)』을 플라마리옹 출판사에서 처음 출간했고, 1899년에는 당대 화가 투르즈 로트랙이 삽화를 그린 2판을 출간했다. 잘 알려진 '뱀', '너무 길다'라는 단문을 비롯하여 총 83개 항목의 소재에 대한 간명한 이미지와 설명이 詩처럼 쓰인 이 책은 작가 스스로 이미지의 사냥꾼이라고 말하듯 동물, 곤충, 새들에 대해 유머와 기지가 가득 찬, 간결하고 세련된 문체로 그려져 있다.『자연 이야기들』은 1934년 일본에서『田園手帖』이라는 이름으로 번역, 소개되어 인기를 누렸는데, 우리나라에서는 1959년 장만영에 의해『博物誌』라는 이름으로 처음 번역되었다. 원서의 이름인 'Histoires Naturelles'를 확인하지 않으면 세 권이 모두 다른 책인 것처럼 보인다. 르나르의 단문은 기지와 재치의 미학에 기초해 일상이나 전원에서 흔히 볼 수 있는 소재들을 함축적이고, 감각적인 언어로 형상화하고 있었기 때문에 당대 한국 시인들에게도 사랑을 받았던 것으로 보인다.

모닥불의 붉음을

죽음보다도 더 사랑하는 금벌레처럼

汽車는

노을이 타는 서쪽 하늘 밑으로 빨려 갑니다.

– 김기림, 「기차」(1934)

이상과 함께 구인회 일원이었고 시각적 이미지를 중시했던 김기림에게도 감각적이고 재치있는 단시가 많이 보인다. 제물포 풍경을 노래한 위의 작품 역시 짧은 시인데, 기차가 가진 형상을 시각적 이미지로 형상화한 작품이다. 기차라는 기계 문명이 상징하는 속도와 명랑성을 금벌레라는 색채로 드러내면서 붉은 하늘과 대비시키고 있다. 모더니스트 김기림 역시 간명한 시각적 이미지와 지적인 과정을 통해 사물의 의미를 드러내고자 노력했던 시인임을 고려하면 르나르의 단문이 왜 특히 모더니스트 시인들의 주목을 받았는지 이해할 수 있을 것이다.

이상이 르나르의 작품을 좋아했던 이유 역시 그의 시가 에피그램적 성격을 갖고 있었기 때문이다.[4] 일반적으로 조각이나 묘비석에 덧붙여진 문자를 의미하는 에피그램은 문학뿐 아니라 조형예술의 한 장르로 문자가 가진 시각적 이미지가 의미를 이해하는 데 중요하게 작용한다. 비문에서처럼 하나의 행동이나 상황에서 영원히 기억될 수 있도록 요약하는 매우 짧은 시를 의미하는 에피그램은 예술사에서 특별한 주제나 목적을 염두에 두고 예리하게 정곡을 찌르는 위트가 가미된 짧은 시로 이해되었다.[5] 이런 의미에서 보면 이상은 르나르의 단문이 대상이 가진 형상을 언어가 감각적으로 포착하여 그 의미를 만들어 내고 있음에 주목하고 있다. 도마뱀이 가진 푸른빛의 강렬함과 선명함은 막 칠한 페인트에 대한 주의로 표현됨으로써 시각적, 촉각적 감각으로 환기된다. 나비 날개의 포개진 모습에서 사연을 담은 종이 편지의 형상을 떠올린다든지, 개미의 형상을 숫자 3으로 그리는 방식은 사물이나 대상이 가진 의미를 시각적인 방식으로 구현할 뿐만 아니라 일상적인 이해를 넘어섬으로써 상상의 힘과 위트를 느끼게 한

---

4.   박현수, 「이상 시학과 '전원수첩'의 수사학」, 『모더니즘과 포스트모더니즘의 수사학』, 소명출판, 2006. 이 연구에서는 이상 소설의 에피그램적 특성을 분석하고 있다.
5.   정해룡, 「벤 존슨의 '에피그램(Epigrams)' 연구」, 『영미어문학』 제39집, 1998. 5.

다. 때문에 문학 텍스트의 의미는 시각적 이미지를 통해 보다 효과적
으로 이해된다. 문학의 언어와 시각적 이미지가 상호 보완된다는 측
면에서 에피그램은 문학에서 시각적 요소를 부각시킨 에크프라시스
(Ekphrasis)의 전통 속에서 이야기될 수 있다.

　20세기 초 모더니즘의 추상회화는 기하학을 기초로 색과 선, 점
등의 유희를 주된 표현 방식으로 삼았다. 이처럼 모더니즘의 추상회
화가 기하학을 토대로 하고 있다는 것은 에크프라시스의 전통과도 연
관된다. 에크프라시스는 언어와 이미지가 상호보완적 관계에 있음을
보여주는 용어이다. 이미지의 정확한 묘사를 의미하는 희랍어인 에크
프라시스는 수사학적 언어 이미지와 회화의 언어적 이미지를 의미할
뿐만 아니라 수사학적 이미지와 연관된 기하학적 생산물을 의미하기
도 한다. 에크프라시스는 예술적 전통 속에서 언어와 이미지, 문학과
회화의 상호보완적 관계를 묘사하는 개념으로 의미화되어 왔다. 에크
프라시스의 전통은 역사적으로 변형되어 아방가르드 문학의 칼리그
램(Calligrammes)이나 구체시 등 실험시의 형식에 계승되었다.[6]

　김광균은 예술상의 근대주의와 20세기 초 파리의 시단을 소개하
는 글에서 장 콕토와 살몽 등의 단시를 소개한 바 있다.[7] 이상 역시 자
신의 다방에서 김기림, 박태원, 정지용, 김유정 등과 함께 아폴리네르
와 장 콕토 등의 초현실주의에 대해 이야기하고, 르네 클레르의 영화
에 열광했는데, 이들은 모두 추상회화적 특성 안에서 논의될 수 있는
예술가들이었다.

　이상은 아폴리네르로부터 많은 영향을 받았다고 할 수 있는데, 그
가 경영하던 '69다방' 역시 아폴리네르의 「69 6666…6 9…」란 시에서
영향 받은 것이다.

6.　피종호, 「문학과 회화의 경계 또는 경계를 넘어서」, 피종호 엮음, 『문학의 탈경계와
　　상호 예술성』, 아카넷, 2009.
7.　김광균, 「근대주의와 회화」, 『신천지』, 1946. 9.

6과 9의 전도가

괴상한 숫자로 나타난 것

6 9

숙명의 두 뱀

두 지렁이

호색적이며 신비한 숫자

6 3과 3

9 3 3과 3

즉 삼위일체다

도처에 삼위일체뿐이다

– 아폴리네르, 「69 6666⋯6 9⋯」 부분[8]

인용한 작품 「69 6666⋯6 9⋯」은 숫자가 가진 시각성을 활용하여 뱀이 가진 관능성과 형상이 환기시키는 성기의 호색성, 그러면서도 3으로 나누어지는 수의 성격을 삼위일체라는 성스러운 이념으로 전환시킴으로써 성(聖)과 속(俗)을 아우르고 있다. 이상 역시 작품을 쓸 때 숫자를 자주 사용하는데, 다방 이름에 6과 9를 사용한 것을 보면 이 숫자가 환기하는 시각적 이미지가 매력적이라고 생각했던 것 같다.

이 작품을 쓴 아폴리네르(Guillaume Apollinaire, 1880-1918)는 피카소[9], 브라크[10] 등 많은 미술가 등과 사귀면서 입체파와 초현실주의 문학을

8.　아폴리네르, 『미라보 다리』, 송재영 옮김, 민음사, 1994, 144면.

9.　Pablo Ruiz Picasso(1881-1973)는 스페인 출생의 화가이자 조각가로 주로 프랑스에서 미술활동을 했다. 큐비즘 작품으로 널리 알려져 있으며, 대표작으로 〈아비뇽의 처녀들〉, 〈게르니카〉 등이 있다.

10.　Georges Braque(1882-1963)는 프랑스의 화가로 초기에는 야수파 화풍의 그림을 그리다가 세잔의 영향으로 인상파의 영향도 받았고, 1907년 피카소와의 만남 이후 입체파에 주력하여 피카소와 함께 입체파로서 프랑스 화단의 중요한 위치를 차지하였다.

선도한 시인이다. 미술에서의 입체파는 피카소, 브라크 등을 중심으로 원근화법의 환영주의(幻影主義)와 인본주의를 거부하고 대상의 특정한 성질을 추상화하려는 경향을 드러냈다. 동시성의 원리와 기하학적 환원을 통해 추상의 방법을 예술에 도입한 입체파는 기하학적 예술을 주장한 흄의 예술론과 같이 주지주의적 경향의 일정한 반영이라 할 수 있었다. 그것은 인간 경험의 요소들을 분리하여 새로운 질서로 재배열하고 재구성하는 방식으로서 감각을 통해 파악되는 실재가 아니라 직관의 통찰력에 의해 인지될 수 있는 실재를 제시하려는 것이었다. 막스 자코브[11], 앙드레 살몽[12], 장 콕토[13] 등 입체파 시인들 역시 미술에서의 이러한 경향을 시에서 시도하려 했다. 특히 아폴리네르는 시의 균형과 소재를 해체하거나 변형시켜 입체파의 회화 같은 인상을 주었고 이질적인 이미지를 연결하거나 일상의 언어나 말소리를 그대로 베끼거나 시에 삽입함으로써 독자에게 놀라움과 신기로움을 주고자 했다.[14]

아폴리네르는 자신의 이런 전위적 형식실험을 시각적 시집, 『칼리그램 Calligrammes』을 통해 구현했다. 칼리그램은 라틴어 Calli (아름다움)와 Gramme(글자)의 합성어로 아름다운 상형글자라는 뜻이다. 아폴

---

11. Max Jacob(1876-1944)는 유대계의 프랑스 시인으로 아폴리네르, 피카소 등과 알게 되어 입체주의·초현실주의 탄생에 기여했다. 그는 시를 통해 회화적이며 자유로운 운율과 구어·속어의 대담한 구사를 드러냈으며, 자동 기술에 의한 언어 사용, 예리한 풍자와 해학적 특성을 보여주었다.

12. André Salmon(1881-1969)은 프랑스 시인으로 같은 시대의 아폴리네르, 자코브 등과 함께 입체파를 옹호하며 활동했다. 회화의 입체파 운동의 옹호자로서도 알려져 있다. 시 창작 외에도 세잔, 피카소, 드랭 등에 대한 미술평론 등을 발표했다.

13. Jean Maurice Eugène Clément Cocteau(1889-1963)는 프랑스의 시인, 소설가, 극작가, 영화 감독 등으로 활동했다. 다다이즘 시인으로 출발했던 그는 제1차 세계대전 후 전위파 시인으로 두각을 나타내어 1917년 사티니, 피카소, 디아길레프와 함께 『파라드』, 『지붕 위의 황소』, 『에펠탑의 신랑 신부』 등 초현실주의적인 작품을 발표하며 시·음악·회화·무용 등의 종합예술을 꿈꾸었다.

14. 최유찬, 『문예사조의 이해』, 이룸, 2006, 484면.

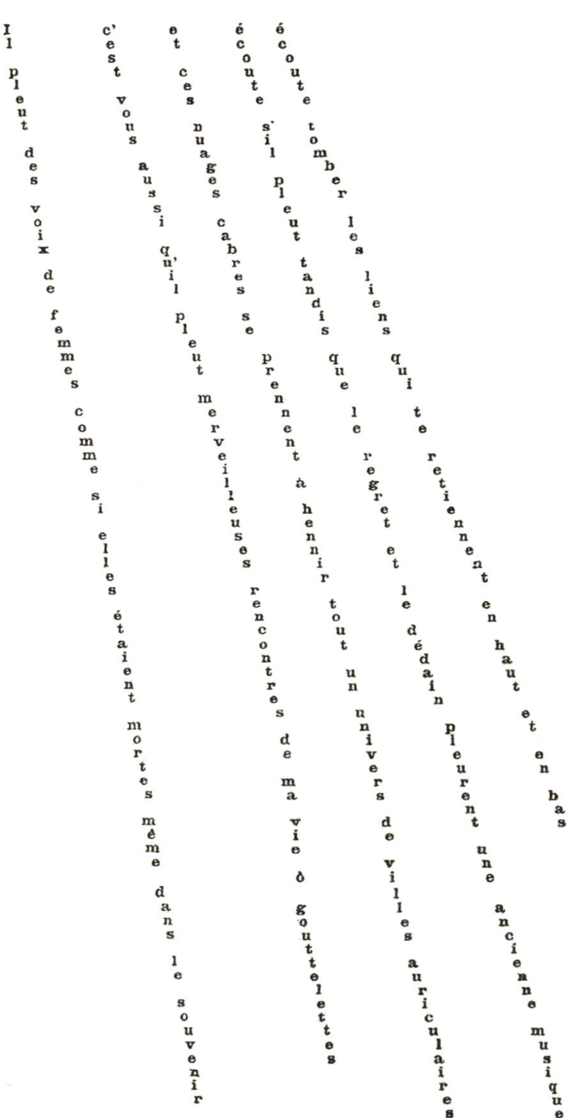

그림 28 아폴리네르, 「IL PLEUT」

리네르는 마리네티의 미래주의 시론이나 자유 연상을 통해 떠오른 생각들을 종이 위에 시각적으로 펼쳐 놓았다.「비가 내린다 IL PLEUT」는 아폴리네르의 의도가 잘 드러난 작품인데, 그는 비가 사선으로 내리는 모양을 본 떠 빗줄기 모양으로 시어들을 적어 내려갔다. 제목에서 말하는 '비가 온다'라는 상황을 문자와 그림, 두가지를 통해 독자가 충분히 느낄 수 있도록 만든 것이다.

추억 속에서 죽기나 했듯이 여인들의 목소리로 비가 내린다

비가 되어 내리는 건 내 인생의 복된 해후들
오 낙수여

성난 구름이 으르렁대기 시작한다 음향의 도시
이 우주에서
뉘우침과 서러움이 옛 노래로 흐를진대 이 빗소리를 들으라

아래위로 그대를 묶어놓는 이 인연의 줄이 내려오는 소리를 엿들어봐라

– 아폴리네르, 「비가 내린다」[15]

'비가 내린다 IL PLEUT'는 위에서 아래로 향하는 수직적인 움직임을 반드시 수반한다. 그러므로 비가 내리는 상황에 대한 시각적 묘사는 위에서 아래가 연결된 빗줄기가 가장 적절하다. 아폴리네르는 비가 내린다는 시의 내용을 빗줄기 하나를 한 연으로 처리하여 구성하고 있다. 세로 읽기가 낯설지만 빗줄기에 새겨진 문자를 읽는 신선함

---

15. 아폴리네르, 앞의 책, 92면.

그림 29　이상, 「오감도 제 4호」.

이 있다. 마치 빗줄기에 사연이 각인되어 있는 듯하다. 시각적 효과로 인해 빗줄기는 천상과 지상, 그대와 나를 만남으로 이어주고, 인연으로 묶는 단단한 물체로 전환된다. 이처럼 칼리그램은 형상과 문자의 합성을 통해 시적 의미를 보다 생생하게 보여준다.

　「오감도 제4호」는 언어적 진술과 시각적 도판이 시 작품을 구성하고 있는 예이다. 이 작품의 첫줄은 '환자의 용태에 관한 문제'라는 짧은 진술로 시작된다. 그리고는 1에서 0까지가 뒤집혀진 채로 가로로 나열되어 있으며, 세로는 11줄로 동일한 숫자가 나열되어 있다. 이 숫자들이 왜 뒤집혔을까 생각해보면 거울에 비추어진 것이라 상상할 수 있을 것이다. 그렇다면 숫자가 적힌 부분은 거울이라는 프레임에 의해 반사된 부분임을 유추할 수 있다. 그러나 의사 이상의 이름은 뒤집혀 있지 않다. 정상적으로 활자화 되어 있다. 그러면 거울에 비친 환자는 바로 이상과 정 반대인, 그러나 닮은 이상 자신일 수도 있을 것이다.[16] 이처럼 이 작품은 숫자와 숫자의 배열이 갖는 시각적 효과, 타이

16.　권영민, 『이상문학의 비밀 13』, 민음사, 2012, 163-171면.

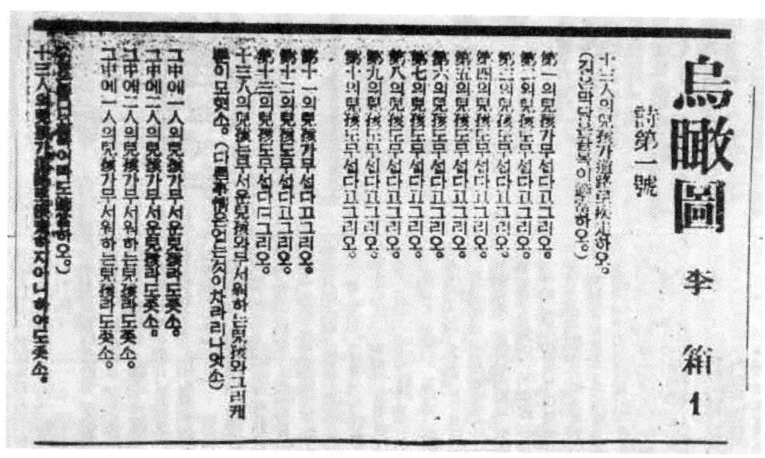

그림 30 이상, 「오감도 제1호」.

포그래피(Typography)를 활용한 작품이다. 「오감도 제1호」 역시 이런 효과가 두드러진 작품이다.

「烏瞰圖」라는 제목부터 시각적으로 낯설듯이 이 제목은 흔히 건축에서 필요한 조감도(鳥瞰圖)의 '鳥'에서 획을 하나 의도적으로 뺌으로써 일종의 말놀이를 한 것이며, 이를 통해 까마귀의 눈으로 내려다본 형상의 그림이 바로 시의 내용이 된다. 시의 활자 형태를 보면 굵은 서체와 괄호의 사용, 동일한 시어의 반복 사용, 동일한 문장 구조, 음절수의 맞춤(제일의 아해가 무섭다고 그리오-13음절) 등 형태와 배열에 있어서 '보는' 시로서의 특성을 발휘하고 있다. 시의 내용은 '13인의 아해'가 무서운 아이와 무서워하는 아이로 모여 있다는 것이다. 결국 무서운 아이가 나머지 아이를 무서움에 떨게 한다는 다소 섬뜩한 내용이다. 시각적 형태와 배열의 변화는 의미의 분절을 만들고 반복을 통해 공포의 힘과 속도감을 전달한다. 이와 같은 속도와 질주의 반복은 기계적 운동이 창조해낸 변형체들로 입체파에서 확장되어 나간 미래주의 시론이 구체화된 작품으로 이해할 수도 있다. 이상의 「조감도」 연작, 「삼차각설계도」 연작, 「오감도」 연작들 역시 이런 범주에 속한다고 할 수 있다.

초현실주의적 상상력과 미학적 자유

예술에 관한 이상의 관심은 미술을 넘어 음악, 영화 등의 분야에 폭넓게 걸쳐 있다. 영화 감독으로는 르네 클레르[17], 음악가로는 모차르트, 화가로는 피카소, 마티스, 달리 등을 좋아했다. 특히 초현실주의 화가 달리를 열광적으로 좋아했다.[18] 이상이 좋아했던 아폴리네르가 이름 붙인 초현실주의는 어떤 주의(主義)를 거부하고 행위와 작품 활동을 통해 새로운 리얼리티를 만들려고 하였다. 앙드레 브르통(André Breton)[19],

17. 르네 클레르는 1930년대 당시 대부분의 지식인들 및 예술가들이 좋아하던 감독이 었다. 클레르의 〈파리제〉나 〈파리의 지붕 밑〉 같은 작품은 지식인들이 동경했던 파 리를 주요 무대로 설정함으로써 낭만적 동경으로서의 서구라는 이미지를 만드는데 기여했다. 클레르는 입체파 화가이자 기계의 힘과 미를 긍정한 페르낭 레제와 함께 다다이즘 영화사에서 중요한 역할을 했는데, 「발레의 기교」에서 도자기와 접시 그리 고 기계의 기어 같은 평범한 소재를 애니메이션화함으로써 동적인 움직임을 만들고 거기에 생명력을 불어넣었다. 조영복, 「이상의 예술체험과 1930년대 예술 공동체의 기원」, 『한국현대문학연구』 23호, 2007.
18. 김기림, 「李箱의 모습과 예술」, 『이상 선집』 서문, 백양당, 1949.
19. André Breton(1896-1966)은 프랑스의 시인, 수필가, 평론가로 초현실주의 운동 의 주요 창시자이다. 원래 의학도였던 그는 정신질환에 관심이 많았는데 프로이트 의 저서를 읽고 정신 의학과 상징주의 시의 영향을 받은 후 다다이즘에 참여했다.

루이 아라공[20], 엘뤼아르[21], 수포[22] 등이 참여한 대표적인 아방가르드
예술이었던 초현실주의는 다다이즘과 입체파, 프로이트의 무의식 이
론, 마르크스주의 등 광범위한 사회문화적 영향을 받으며 발생했다.
브르통은 1924년 「초현실주의 선언」에서 초현실주의란 이성에 의해
훈련된 어떤 제약이나 도덕적·미학적 선입견을 초월한 사고의 진술로
마음의 진실한 기능을 표현하기 위해 의도된 순수한 정신의 자동주의
(Automatism)라고 정의했다. 초현실주의자들은 질서정연하고 합리적인
문화양식에 대항하여, 인간의 무의식 속에 잠재해 있는 광기, 꿈, 환상,
욕정, 콤플렉스 등을 해방시킴으로써 정신의 완전한 자유를 획득할
수 있다고 생각했다. 따라서 초현실주의 예술가들은 자동기술법을 통
해 인간의 무의식과 광기, 욕망의 언어를 창출하는 것이 진정한 예술
의 목표라고 생각했다. 이런 의미에서 그들에게 예술은 그 자체가 목
적이라기보다는 생의 신비, 비밀, 놀라움에 대한 의식을 창조하기 위

1919년에 루이 아라공 및 필리프 수포와 함께 『Littérature』라는 평론 잡지를 창간했
고 수포와 함께 초현실주의의 자동기술법을 사용한 작품 「자장 Les Champs mag-
nétiques」(1920)을 발표했다. 1924년에는 「초현실주의 선언」에서 초현실주의를 '마
음의 순수한 자동 현상'으로 정의하고, 꿈과 현실, 이성과 광기, 객관성과 주관성 등
의 구별을 없애는 것을 목표로 삼았다.

20. Louis Aragon(1897-1982)은 프랑스의 시인, 작가로 제1차 세계대전 후 다다이즘과
    초현실주의 운동을 하였고, 1930년 이후 초현실주의와 갈라졌다. 반파시즘 운동에
    참가했으며 제2차 세계대전에도 참전했고, 남프랑스의 레지스탕스 문화 운동을 지
    도하였다.

21. Paul Éluard(1895-1952)는 프랑스의 시인으로 제1차 세계대전 후 앙드레 브르통, 루
    이 아라공 등과 쉬르레알리즘 운동에 중요한 역할을 수행하였으며 스페인 내전 때
    인민 전선에 참가하여 레지스탕스로 활약하였다.

22. Philippe Soupault(1897-1990)는 프랑스의 시인, 소설가, 비평가로 초현실주의 운
    동의 기초를 확립하는 데 중요한 역할을 했다. 초기에는 다다이즘의 영향을 받았으
    나 다다이즘이 지나치게 허무주의적인 것을 발견하고는 앙드레 브르통과 함께 혁
    신적인 기법들을 실험했다. 그 결과 초현실주의 최초의 주요작품인 「자장(磁場) Les
    Champs magnétiques」(1920)을 브르통과의 공동 저작으로 자동기술법에 의해 창작
    했다.

한 수단이었음을 알게 된다. 그들은 단순한 장인이나 심미주의자가 되기보다는 '신들린 사람'이나 '도박꾼'이 되고자 했다.[23]

　　이상이 특별히 열광했던 살바도르 달리(Salvador Dali, 1904-1989) 역시 광기와 환상을 통해 화폭을 채운 화가였다. 이상이 이야기했듯이 '사람이 비밀이 없다는 것은 재산이 없는 것처럼 가난하고 허전한 일'일 것이다. 인간은 누구나 내면에 비밀이 있으며 그 비밀은 자신이 의식하는 것과 의식하지 못하는 무의식도 있다. 이런 의미에서 인간의 몸은 비밀을 담고 있는 용기이자 다양한 욕망을 담고 있는—그러나 일상에서는 알 수 없는—용기로 이해된다. 달리는 〈서랍의 도시〉에서 비밀스런 욕망을 담고 있는 인간의 내면과 육체를 온갖 잡동사니 혹은 귀중한 것이 들어있는 서랍과 병치시킨다. 그런데 그림 속에서 서랍은 텅 비어 있는 채로 열려 있다. 이는 내면과 영혼을 잃어버린 인간의 모습이 아닐까. 앙상한 육체, 사막 같이 누런 모래빛깔로 채색된 화폭은 삭막한 불모의 도시 현실을 이야기하는 것 같다.

　　살바도르 달리는 스페인 태생의 화가로 미래파와 입체파를 거친 후 1929년부터 초현실주의 운동에 참여하였고, 시인들로부터 열광적인 환영을 받았다. 그는 늘 모조 진주 목걸이에 팔찌, 꽃무늬 소매의 셔츠를 입고 다녔고, 히스테리컬한 웃음을 달고 다녔다. 그의 예술적 광기를 병적인 것으로 타락시키지 않고 예술적 환상과 창조력으로 전환시킨 사람은 시인 폴 엘뤼아르의 아내 갈라였다. 초현실주의 그룹에서 만난 이들은 사랑에 빠졌고, 갈라는 엘뤼아르와 이혼하고 달리의 예술적 조언자로 살아간다.[24] 일상의 서투름과 과장, 기괴한 행동 그러나 그 안에 내장된 예술적 천재성, 이런 특성은 이상과 많이 닮아 있다. 그리고 현실을 왜곡하고 비틀고, 기존의 화법(畵法)을 해체하는 데서 출발하는 그의 작품은 이상의 시학(詩學)과 맞닿아 있다.

23.　　S. 알렉산드리안, 『초현실주의』, 이대일 옮김, 열화당, 1984, 5-7면.

24.　　위의 책, 103-108면.

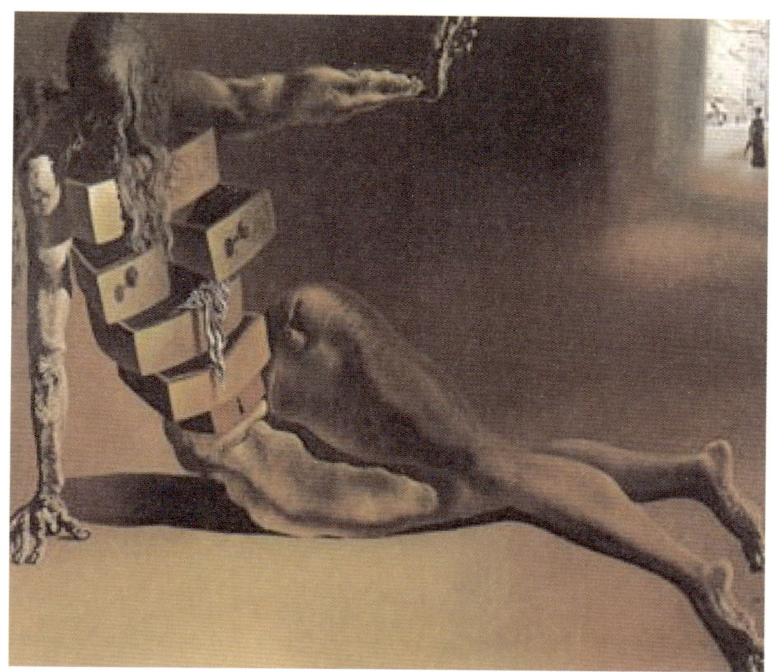

그림 31 살바도르 달리, 〈서랍의 도시〉, 1936.
달리는 초현실주의의 과장적인 상상력과 광적인 노력에 의해 개발된 회화적 기법을 도입했을 뿐만
아니라 천성적인 과장성과 진지한 광대 기질을 보여주기도 했다. 그는 예술적 희비극의 주역이 되
었고, 그 희비극적 행동과 제스처는 그의 회화에 격정의 불을 붙였다.

그사기컵은내骸骨과흡사하다. 내가그컵을손으로꼭쥐었을때내팔에서
는난데없는팔하나가接木처럼돋히더니 그팔에달린손은그사기컵을번쩍
들어마룻바닥에메어부딪는다. 내팔은그사기컵을死守하고있으니散散
이깨어진것은그럼그사기컵과흡사한내骸이다. 가지났던팔은배암과같
이내팔로기어들기前에 내팔이或움직였던들洪水를막은白紙는찢어졌으
리라.그러나내팔은如前히그사기컵을死守한다.

　　－ 이상, 「오감도 제 11호」

　자신의 팔에서 또 하나의 팔이 돋아나는 상상, 이는 초현실주의
적 환각이 시적 표현에 사용되고 있는 것이다. 초현실주의에서는 이성
적, 합리적 논리로부터 자유롭게 시인의 연상에 의해 초현실적인 환상
이 허락된다. 이상은 컵을 들고 있는 팔에서 해골을 들고 있는 또 하나
의 팔의 이미지를 자유연상을 통해 상상하고 있다. 말하자면 그가 들
고 있는 것은 사기컵이자 해골인 것이다. 현실적으로는 불가능한 이
런 상황이 시 안에서 벌어지고 있다.

　대부분의 초현실주의자들은 자동기술법(Automatism)을 통해 거의
추상에 가까운 작품을 제작했다. 그런데 르네 마그리트(René Magritte
1898-1967)[25]는 친숙한 대상을 사실적으로 묘사하면서도 모순되거나 대
립되는 요소들을 한 화폭에서 결합시키거나, 어떤 오브제를 전혀 엉
뚱한 환경에 위치시켜 시각적 충격과 신비감을 불러일으키는 데페이
즈망(depaysement) 기법을 사용했다. 「오감도」에서 사기컵과 해골의 돌연

25.　René Magritte(1898-1967)는 벨기에 화가로, 초기에는 입체파와 미래주의의 영향을
　　받았다. 이후 화가인 브르통, 달리, 미로, 시인인 폴 엘뤼아르 등과 친교를 맺으며 초
　　현실주의 운동에 참여했다. 친숙한 일상의 사물을 예기치 않은 공간에 병치시키거
　　나 크기를 왜곡시키고 논리를 뒤집어 관습적인 사고의 일탈을 유도하는 작품을 많
　　이 그렸다.

그림 32　르네 마그리트, 〈이미지의 배반〉, 1929.
초현실주의 시인 앙드레 보통은 '시를 낳는 중요한 요소는 서로 가능한 멀리 떨어진 두개의 사물에 대한 비교, 혹은 어떤 방법으로든지 돌발적이고 충격적으로 이 둘을 대치시키는 것이다'라고 강조했다. 마그리트는 이런 원리를 화폭에 담으려고 노력했다. 이 작품은 마그리트의 초현실주의를 이해하는 열쇠를 제공해 준다. 파이프를 그리고 그 아래에 '이것은 파이프가 아니다'라는 문장을 썼다. 현실은 보이는 대로 존재하지 않으며, 의미는 모순된 상황 속에서 찾아야 한다.

한 결합 역시 서로 이질적인 두 사물을 병치시킴으로써 무의식을 통한 사고와 상상을 수용하게 함으로써 우리의 의식을 확장시킨다.

상상적 이미지로 가득찬 시와 그림: 이상과 구본웅

이상의 동생 김옥희는 이상이 어릴 때부터 그림을 잘 그렸다고 전한다. 친구 문종혁의 기억 역시 이상이 화가 지망생으로 그림을 그리고 싶어서 경성고공 건축학과에 입학했다고 한다.[26] 보성고보에서 화가 고희동의 지도를 받고 3학년 때 교내전람회에서 유화 〈풍경〉 1등상 수상, 경성 고등공업학교 건축과에서 아틀리에를 만들고 그림 그리기, 경성 고공 문예회람지 『난파』 표지 제작, 1930년 일문(日文) 건축지 『조선과 건축』의 표지도안 현상 공모에 1등과 3등으로 두 편 당선, 1931년 조선미전에서 〈자상〉 입선[27] 등의 경력은 지인들의 기억이 틀린 것이 아님을 단적으로 입증해준다. 이상은 서양회화사 이론에 박식했는데, 특히 인상파 이후의 화파에 정통했으며 마티스의 색채와 제작과정, 그리고 피카소의 입체주의를 강조했다.

이상은 〈제비〉 다방에 앉아서 늘 자화상을 그렸다고 한다. 연필로 그린 것인데 머리는 무성한 잡초 같았다. 이 자화상을 〈제비〉에 걸

---

26. 문종혁, 앞의 글.
27. 김복기, 「근대 한국미술사와 문학의 만남」, 『월간미술』, 1996. 12.

어 놓았다가 일본에 가면서 오장
환에게 주어 서점 '남만서방' 정
면에 걸어 놓았었다고 한다.[28] 연
필로 그린 이상의 자화상은 이상
이 죽고 난 후, 1939년 5월 잡지
『청색지』에 실렸다. 이외 1931년
'조선미전'에서 입선한 이상의
십 호짜리 〈자상〉은 현재 원본이
전해지지 않는다.

　　이상이 연필로 그린 자화상
은 정면을 바라보는 자세로, 헝
크러진 머리와 덥수룩한 수염

그림 33　이상이 연필로 그린 〈자화상〉, 1939.

이 인상적이다. 다소 초췌하고 힘이 빠진 듯한 얼굴이지만 검고 깊숙
하게 묘사된 눈은 이상 내면의 깊이를 보여주는 것 같다. 이상의 얼굴
로 잘 알려진 〈우인상〉은 이상이 직접 그린 자화상과는 대조적으로
보인다. 이 그림을 그린 화가 구본웅(1906-1953)은 이상이 소학교인 신
명학교 시절부터 알던 네 살 연상의 친구이다. 구본웅은 어릴 때 척추
를 다쳐 불구가 되어 작은 체구로 평생을 살았다. 그는 경신고보에 다
니면서 서양화가 고희동(高羲東)이 주관하는 고려미술회에 나가 그림을
배웠고 1925년부터는 조각가 김복진(金復鎭) 밑에서 회화와 함께 조각
도 사사했다. 1927년 제6회 조선미전(朝鮮美展)에서 〈얼굴 습작〉이란 조
소가 특선으로 뽑혀 화단의 주목을 받은 구본웅은 이듬해 도쿄 가와
바타(川端) 미술학교에 입학했고, 다음 해 봄 일본대학 예술전문부로 옮
겨 졸업했다. 당시 일본 화단은 마티스와 루오로 대표되는 야수파 운
동이 크게 유행하고 있었는데, 구본웅 역시 이런 화풍의 영향으로 사

28.　장우성,『화맥인맥』, 중앙일보사, 1982, 32면.

그림 34 구본웅, 〈友人像〉, 1935년 전후.

물의 형태를 단순화하고 강렬한 원색을 쓰면서 독자적인 야수파의 세계를 만들어나갔다. 그는 1931년 동아일보 초청으로 〈양화가(洋畵家) 구본웅 개인미술전람회(個人美術展覽會)〉를 열어 큰 성공을 거두었는데, 천재적이지만, 신체적인 결함으로 불행했던 구본웅에 대해 1930년대 화단은 '조선의 로트렉'이라는 별명을 붙여주었다.

키가 크고 마른, 봉두난발한 시인 이상과 작은 체구의 구본웅의 우정은 각별했다고 한다. 다방 경영에 소질이 없는 이상의 재정적 후원자는 늘 구본웅이었으며, 화가로서 이상의 천재성을 인정하고, 그의 죽음을 내내 아쉬워했던 사람도 구본웅이었다. 이상 역시 소설「봉별기」와 일본어로 쓴 시「且8氏의 出發」에서 육체의 불구를 딛고 일어선 화가 구본웅의 의연함을 그리고 있다.

구본웅이 그린 〈우인상〉은 녹색과 먹빛에 가까운 흑녹색의 어두운 색조를 배경으로 백색 얼굴과 파이프의 흰색이 두드러지게 표현된 작품이다. 녹색 계열의 옷과 삐딱한 모자, 까칠한 수염 덮인 얼굴은 폐병환자, 줄담배를 피우고, 파격적인 일상을 과시하며 데카당스한 삶을 사는 시인 이상의 성격을 반영하고 있다.[29] 〈우인상〉은 야수파 화가 블라맹크가 즐겨 그린 파이프를 문 자신의 자화상이나 친구 드랭의 초상화, 또 〈파이프를 문 남자〉와 많이 닮아 있다. 이는 구본웅이 야수파의 화풍을 일본에서 배웠고, 그

그림 35　구본웅이 〈우인상〉을 그릴 때 영향을 받았을 것으로 추정되는 블라맹크의 〈파이프를 문 남자〉

29.　김현숙,「구본웅의 작품을 통해 본 모더니즘 수용의 일례」,『미술사연구』11호, 1997. 12.

당시 일본 큐비즘의 대표자 사토미 가토즈(里見勝藏)가 블라맹크의 제자였다는 사실에서 그 영향관계를 자연스럽게 추론해 볼 수 있다.

구본웅의 〈인형이 있는 정물〉은 한국 미술사에서 피카소나 브라크의 큐비즘적인 특성을 수용하면서도 배경과 윤곽선의 강렬함에서 야수파의 터치를 느끼게 하는 작품으로 평가되고 있다. 포도와 잡지를 그린 정물화와 피카소의 〈아비뇽의 처녀들〉을 떠올리게 하는 인물화의 혼합이라는 돌연한 결합은 이상의 시에 등장하는 이질적이고 낯선 비유체들의 병치를 떠올리게 한다. 즉 이질적인 것을 동일한 화폭에서 결합시키는 초현실주의적 특성 역시 보이고 있다.[30] 한편 구본웅의 〈인형이 있는 정물〉은 이상이 좋아한 초현실주의 화가 달리의 〈달빛 아래의 정물화〉와 어떤 영향관계를 생각하게 만든다. 이 그림은 공간과 형태가 입체적으로 분할되는 큐비즘적 화면 구성을 하고 있는데, 화폭 위에는 탁자와 그 위에 놓인 두상과 화병, 물고기와 기타 등 서로 이질적인 요소들이 놓여 있는 초현실주의적 화풍이 도입되고 있다. 달리는 직각으로 배치된 두 개의 선을 통하여 우리의 시선을 펜으로 인도하는데 이 펜은 '시인'을 직접적으로 암시하고 있다고 한다. 초현실주의자들은 자신의 그림을 詩로 인식했고, 시를 모든 것의 중심에 두어 시를 볼 수 있고 감각될 수 있는 것으로 만들기 위해 미술을 이용했다. 달리 역시 이런 초현실주의의 예술 정신을 구현하고 있다. 이상과 구본웅, 불우한 식민지 현실을 가로지르는 그들의 창조적 열정과 상상력의 토대에도 역시 '상상적인 이미지로 가득찬 詩'(르네 마그리트)가 놓여 있었다.

---

30. 박용숙, 『한국현대미술사 이야기』, 예경, 2003, 154-156면.

그림 36 구본웅, 〈인형이 있는 정물〉, 1937.

그림 37 살바도르 달리, 〈달빛 아래의 정물화〉, 1927.

서정주: 화집畫集 속의 여성 이미지와 창조적 판타지

1930년대 화단畫壇과 이상화된 여성 이미지

1930년대 후반 서정주, 유치환, 오장환 등이 활동한 생명파는 한국 현대시사에서 시의 제재와 주제로서 인간의 육체에 주목한 주요한 유파이다.[1] 특히 유치환이 남성적 육체성, 오장환이 여성, 남성을 넘어 병든 육체의 이미지를 보이고 있음에 비해 서정주가 여성의 육체에 주목하고 있음은 그 발생과 원천, 의미에 대해 생각해볼 만하다. 문학사적 전통 속에서 여성이나 육체의 문제는 시의 소재나 주제의 대상이 아니었으며 당대 시의 경향과 비교해도 이질적인 것이었다. 현실 반영을 중심으로 하는 카프 문학이나 감성과 이성의 균형을 중시하던 모더니즘 시의 관점에서 관능과 퇴폐를 이미지화하는 여성 육체의 이미지는 파격적인 것이 아닐 수 없다. 그렇다면 당대의 문학적 전통이나 주요 경향과는 다른, 새로운 여성의 육체 이미지를 만들어 내는 시인의 상상력은 그 원천을 어디에 두고 있는 것일까. 문학적으로 새로운 여성 이미지[2]의 원천에 대한 궁금증은 문학이 관련 맺고 있는 당대 사

---

1. 김진희,『생명파 시의 모더니티』, 새미, 2003, 222-243면.
2. '여성 이미지'는 서정주의 시에 나타난 여성 이미지를 포함하여 당대 문화 안에서 상

회와 문화, 예술의 전반적인 상황에 눈을 돌리게 한다.

　　1930년대는 도시를 중심으로 근대화가 급속도로 진행되던 시기였다. 서구화되어 가는 도시의 외양은 대중들의 시선을 사로잡았으며, 시인들의 감수성을 자극하기에 충분했다. 보들레르가 노래했듯, 시인은 일찍이 본 일이 없는, 엄청난 풍경의 어렴풋하고 먼 이미지가 자신을 유혹한다고 느낀다. 오로지 눈을 위해 존재하는 이 풍경들은 인간의 마음에 각인되고 새로운 상상력의 원천으로 작용한다.[3] 특히 당대 화가들은 이와 같은 대중문화의 이미지를 창조하는 담당층으로 활동하면서 '여성이미지'를 대중문화에 확산시키고 있었다.[4]

　　특히 당대 화단의 여성 누드화의 유행 현상은 사회문화적인 여성 이미지 창출과 관련되어 있다. 누드화의 전통[5]이 없었던 한국에서 여자 나체상은 섹슈얼리티, 즉 육체성에 기초한 관능적, 성애적 감각이나 심리적 환기력을 제공하는 에로틱한 주제였다. 전통적으로 동양화는 산수화가 주요 장르였기 때문에 인물화는 초상화 이외에서는 찾아보기 힘들며 특히 여성의 재현은 더욱 희소한 것이었다. 이런 의미에서 한국 근대미술사에서 '여성'의 이미지는 인물화 장르의 부각과 함께 새롭게 부상된 주제였다. 특히 1930년대부터는 조선미전 동서양화부 인물화 분야에서는 여성 인물화가 60%를 넘었으며 꾸준히 그 비율이 높아지고 있었다.

　　뿐만 아니라 더 주목할 만 것은 서구 누드화에 재현된 이상적인 신체미가 당대의 아름다운 육체의 기준이 되기도 하고 예술적, 대중문화적 상상력의 원천으로 작용하기도 했다는 것이다. 따라서 화가들

상되고, 재현된 여성 이미지라는 의미를 포함한다.

3.　　Vanessa R. Schwartz, 『구경꾼의 탄생』, 노명우·박성일 옮김, 마티, 2006, 37면.

4.　　김진송, 『서울에 딴스홀을 허하라』, 현실문화연구, 1999, 304-307면.

5.　　구정화, 「한국근대기의 여성인물화에 나타난 여성 이미지」, 『한국근대미술사학』, 9집, 2001; 김영나, 「한국 근대 시각미술에 재현된 '신여성'」, 『미술사와 시각문화』, 2003; 홍선표, 「한국근대미술의 여성 표상」, 『한국근대미술사학』 10집, 2002.

이 그린, 혹은 서양 화집에 소개된 여성 육체의 이미지는 당대 문화에 여성의 이미지에 대한 새로운 시각문화를 창조해냈다. 예를 들어 아래와 같은 여성 육체의 추구는 현실적으로 없는, 가상의 여성이미지를 생산해내고 있었다.

우리들이 규정하는 여성미란 상식적으로 알다시피 어깨가 좁을 것, 허리춤이 날씬하야 벌의 허리처럼 될 것, 둔부가 넓어야 할 것, 대퇴는 굵되 발끝으로 옮아오면서 뽑은 듯 솔직해야 할 것[6]

조선여자는 또 젖이 너무 처지고 영양이 부족하며 살결조차 푸르고 검어서 덜 좋더라. 서양여자를 못보았으니 모르나 아마 그네들이 좋을 것 같기도 생각된다.[7]

김용준과 안석주 등 화가들이 꿈꾸는 서구적 육체의 이미지는 당대 회화를 통해서도 표현되었다. 그들이 그리는 여성들은 한국 여성들이 아니라 서구 여성의 몸매를 가진 이상화된 여성들이었다. 그들은 가상의 여성이미지를 통해 남성의 에로틱한 욕망과 예술적 열정을 표현하고자 했다.

김인승과 서진달의 그림에서 볼 수 있듯, 서구 여성의 얼굴을 한 한국 여성인물화는 등을 돌린, 나체의 모습으로 그려져 있다. 이처럼 옆이나 뒷모습이 선호되었던 것은 정면보다는 덜 부담스러웠기 때문이기도 하지만 한편으론 에로틱한 성적 상상력과 신비감을 고조시키는 효과를 만들어 냈다.[8] 누드화는 30년대 화단에 주요한 주제와 소재로 확장되어 나갔으며 동시대 시인들 역시 위와 같은 당대 화단의 조

6.　　김용준, 「모델과 여성의 미」, 『여성』, 1936. 9.
7.　　안석주, 「나체모델과 화가의 감촉」, 『삼천리』, 1929. 6.
8.　　김영나, 「한국근대의 누드화」, 『20세기 한국미술』, 예경, 1998, 125-126면.

그림 38　김인승, 〈나부〉, 1936.　　　　　　**그림 39**　서진달, 〈나부〉, 1930년 전후.

류 안에 있었음을 짐작할 수 있다.

　　서정주가 특히 관심을 기울인 것은 르네상스 시기, 그리스 신화나 성경의 인물들을 다룬 작품들과 반 고흐나 폴 고갱 등의 작품들이었다.[9] 서정주는 오장환이 경영하던 '남만서방'에서 시인과 화가들과 친분을 맺게 되었고, 이 모임에서 자연스럽게『세계미술전집』이나『인상파 이후의 화집』등을 함께 보며 현대 미술사조의 정신과 기법에 대해 함께 논의하기도 했다. 서정주는 자신의 관심을 그리스적 육감(肉感)이나 육체미(肉體美)라는 말로 표현하면서 시를 통해 이를 형상화하려 했다. 그가 말하는 생생한 육감이란 그림을 통해 느낄 수 있었던 감각적 이미지였을 것이다. 서정주는 르네상스의 화가 보티첼리나 인상주의 고흐, 그리고 원시적 색채를 그리던 고갱 등의 작품을 통해 살아있는 육체의 에너지와 힘을 느꼈으며 살아 있는 육체의 실제적인 이미지를 보았던 것이다. 이처럼 당대 화단에서 유행했던 여성 나체화 경향이나

9.　　서정주, 「해인사」,『미당자서전 2』, 민음사, 1994; 서정주, 「조선일보 폐간시」, 앞의 책;
　　　서정주, 「나의 문학인생 7장」,『시와 시학』, 1996, 가을.

서구 화집에 소개된 여성들의 아름다운 육체에 대한 상상력은 서정주 시의 여성 이미지 창조와 깊이 관련되어 있다.

그리스 신화적 육체성과 관능적 여성 이미지

麝香 薄荷의 뒤안길이다

아름다운 베암…….

을마나 크다란 슬픔으로 태여났기에, 저리도 징그라운 몸둥아리냐

꽃다님 같다.

너의할아버지가 이브를 꼬여내든 達辯의 혓바닥이

소리잃은 채 낼룽그리는 붉은 아가리로

푸른 하눌이다. ……물어뜯어라. 원통히무러뜯어.

다라나거라. 저놈의 대가리!

돌 팔매를 쏘면서, 쏘면서, 麝香 芳草 ㅅ길

저놈의 뒤를 따르는 것은

우리 할아버지의 안해가 이브라서 그러는게 아니라

石油먹은듯……石油먹은듯……가쁜 숨결이야

바눌에 꼬여 두를까부다. 꽃다님보단도 아름다운 빛……

크레오파투라의 피먹은양 붉게 타오르는 고흔 입설이다……슴여라!

베암.

우리순네는 스믈난 색시, 고양이같이 고흔 입설……슴여라! 베암.

– 서정주, 「花蛇」

　관능적 육체에 대한 도취와 성애의 순간을 노래하고 있는 「화사」에 등장하는 여성 이미지는 전통적이기보다 서구적이다. 그 여성의 이름은 순네이지만 그녀는 서구여성의 이미지로 형상화되어 있다. 기독교적 원죄의 상징인 뱀의 육체, 관능적 욕망의 몸을 가진 이브, 요부형의 클레오파트라, 고양이라는 동물 등은 모두 서구에서 전통적인 여성의 이미지로 형상화시켜 온 비유물들이다. 종교화의 주요 소재로 등장하는 이런 이미지들은 미(美)와 악(惡)의 의미를 함께 거느린 관능적 여성상이었다.[10] 그림에서 알 수 있듯이 클레오파트라라고 추정되는 〈시모네타 베스투치〉는 뱀, 관능성, 아름다움, 신비로움 등 서구 문화사에 전해져 오는 크레오파트라에 관한 전통적 이미지를 잘 구현하고 있다. 서

그림 40　피에로 디 코시모, 〈시모네타 베스푸치〉, 1503년경.

____

10.　Gérard Legrand, 『르네상스』, 정숙현 옮김, 생각의 나무, 2004, 99-100면.

정주의 시「화사」에도 언급되었듯, 그림에서도 꽃다님 같은 뱀이 여성
의 머리와 목을 감고 있다.

　서정주는 특히 이런 여성들의 몸에 집중한다. 그 몸은 아름다운
뱀의 몸이며 꽃다님보다 더 아름다운 타오르는 입술같이 고운 몸이
다. 관능적으로 요동치는 여성의 몸을 서정주는 꽃무늬 놓인 뱀, 화사
의 몸으로 구체화시키고 있다. 이런 몸을 가진 그녀, '베암같은 게집은/
땀흘려 땀흘려/어지러운 날 엎드리'게도 하고(『麥夏』) '밤처럼 고요한 끌
른 대낮에/우리 둘이는 웬몸이 달'게도 만드는 가시내이다(『대낮』). 이처
럼 육체성이 강조되는 여성의 이미지는 전통적이기보다 외래적이다.

　　눈물이 나서 눈물이 나서
　　머리깜어 느리여도 능금만 먹어서
　　어쩌나……하늬바람 울타리한 달밤에
　　(중략)
　　蓮順이는 어쩌나 ……입술이 붉어 온다.

　　　- 서정주,「가시내」부분

　　속눈섭이 기이다란, 게집애의 年輪은
　　댕기 기이다란, 붉은 댕기 기이다란, 瓦家千年의銀河물구비……푸르게만
　푸르게만 두터워갔다.
　　　(중략)
　　고요히 吐血하며 소리없이 죽어갔다는 淑은,
　　유체 손톱이 아름다운 게집이었다한다.

　　　- 서정주,「瓦家의 傳說」부분

　　짧게 인용한 위의 시에 나타난 여성의 이미지 역시 서구적이다. 머리를 길게 늘어뜨리고 능금을 먹고픈 연순이의 이미지는 이브와 겹쳐져 있다. 또 속눈썹이 길고 유체 손톱이 아름다운 여성 역시 '손톱이 까만', 한국적 여성이기보다는 서구 여성 이미지를 환기시키며, 기이다란 붉은 댕기-물구비 등은 뱀-여성-요부의 이미지를 형성한다. 그렇다면 서정주는 구체적으로 이런 여성의 이미지를 어떻게 상상할 수 있었을까. 우선 서정주의 산문을 통해 그 상상력의 원천을 가늠해 볼 수 있다.

　　고대 그리스적 육체성—그것도 그리스 신화적 육체성의 중시, 고대 그리스, 로마의 황제들이 흔히 느끼고 살았던 바의, 최고로 정선된 사람에게서 신을 보는 바로 人神主義的 肉身現生의 중시. 아폴로적인 디오니소스적인, 에로스적인 그리스 신화적 존재의식. 또 그런 존재의식을 기초로 하는 르네상스휴머니즘 (중략) 이런 신화 헬레니즘을 나는 기독교의 구약성서의 솔로몬 왕의 〈雅歌〉 등에 보이는 고대이스라엘적 陽明性과 이때는 거의 혼동하고 있었던 일이다. (중략) 다만 그 생태에 있어서 솔로몬의 雅歌적인 것과 그리스 신화적인 것의 근사치에만 착안하여 양자의 그 숭고하고 陽한 육체성에만 매혹되어 있었던 것이다.[11]

　　반 고호라는 화가와 니체가 그렇게 역시 여자에 숙맥이었던가. 나도 아마 그랬던 모양이다. 그러니 만큼 내 시속에 여자 냄새는 꽤 많이 나는 편이지만 그것은 거의 내 생각 속만의 것이다. (중략) 이런 따위의 육감이라 할 수 있는 것도 별다른 실제의 경험도 없는 마음 속의 도가니 속만의 일이었으니 말이다.[12]

11.　서정주, 「고대그리스적 육체성: 나의 처녀작을 말한다」, 『서정주 문학전집』 5권, 일지사, 1972.

12.　서정주, 「단발령」, 『미당 자서전 2』, 민음사, 1994.

　　인용 예문에서 주목할 내용은 서정주가 '그리스적 육체성'과 '육감', '혈기' 등에 매혹되어 있었다는 사실이다. 그리하여 그의 고백대로 그리스 신화의 헬레니즘을 고대 이스라엘의 양명성과도 혼동할 정도였다. 특히 여성의 육체에 대한 '육감'적 상상은 마음과 정신을 지배하는 관능적 에너지로 작용함으로써 그의 시에 등장하는 여성 이미지의 근원이 되고 있음을 알 수 있다. 서구 미술사에서 그리스 신들이 보여주는 생생한 육체성은 그 당대의 유물들을 통해서는 물론 르네상스 시대 재현된 그림과 조각들을 통해 다시 살아났다. 이런 맥락에서 볼 때 서정주의 경우 육체의 이미지에 대한 상상은 문자가 아니라 화집에서 접한, 그리스 신화를 소재로 한 르네상스 시기의 회화나 당대 화단의 누드화를 통해 이루어졌을 것으로 추측할 수 있을 것이다. 그가 오장환의 서점 '남만서방'에서 만나게 되는 화가들과의 교류를 통해서 그리고 『세계미술전집』 감상을 통해 서구 여성의 이상적인 육체상을 시각으로 만날 수 있었다는 것이다. 한 예로 서정주는 르네상스의 화가 보티첼리의 그림에 나타난 여신들의 신비한 이미지와 관련된 상상을 하고 있다.

> 나는 내 곁을 지나가는 해녀들과 이 아래 바다에 거침없이 뛰어드는 해녀들을 보기를 즐겼다. 보티첼리의 그림에 보이는 비너스의 해중탄생(海中誕生)의 무르익은 육신의 아름다움을 그들한테서 보는 걸 즐겼다. (중략) 어느때는 그 해녀들의 한 무더기가 바닷가로 나와서 뜯어온 생미역이나 흑산호의 가지 같은 걸 들고 너울거리고 춤추며 노래하는 게 보였다. 그러고는 내가 누운 언덕 속 길로 나와 내 옆을 코에 아린 바다 냄새를 풍기고 지나가며 쌩긋 흰 이빨을 내놓고 웃어 보이는 일도 있었다. 그러면 불그레 홍조를 두볼과 두눈에 느끼며 그들의 손발로 시선을 옮긴다. 손톱이나 발톱도 분홍과 반달이 선명한 여신의 것 같은가 훔쳐보기 위해서다. 그러나 그건 기대와 달리 깜장 때가 들어 있기도 한 불투명한 것이

어서 내 흥건한 흥취를 위축시키고 먼 원경(遠景)으로만 내 눈을 다시 몰고 가게 했다.[13]

인용문을 읽어 보면 서정주의 시에 나타나는 육체성과 관능성은 그리스 여성 신들의 인간적인 이미지로부터 비롯됨을 추측해볼 수 있을 것이다. 즉 서정주의 시선을 지배하는 여성의 기호- 이미지를 알 수 있는데, 그에게 현실은 자신이 상상하는 환상적 이미지에 의해 보인다. 특히 인용문에서 "어느때는 그 해녀들의 한 무더기가 바닷가로 나와서 뜯어온 생미역이나 흑산호의 가지 같은 걸 들고 너울거리고 춤추며 노래하는 게 보였다."라는 부분은, 보티첼리의 그림 중 잘 알려진 〈프리마베라〉에서 얇은 천의 옷을 너울거리며 춤추는 세 여신의 이미지를 담고 있다.

그림 41 보티첼리, 〈프리마베라 Primavera〉 부분, 1478년경.

---

13. 서정주, 「조선일보 폐간 기념시」, 앞의 책.

　　그림 속에서 여신들이 걸친, 둥근 곡선을 강조해주는 흘러내리는 레이스 가운은 서정주에게 너울거리는 생미역과 흑산호 가지로 전이 되고 있다. 이처럼 그는 서구 미술에서 경험한 여성의 이미지를 현실 의 여성에게 덧씌우고 있다. 이는 당대에 이상적이라고 생산된 여성에 관한 시각 이미지가 현실 여성의 미의식을 규정하는 기준으로 작용하 고 있으며 나아가 작품 속의 여성상에도 투영되고 있음을 의미한다.

　　문득 面前에 우슴소리 있기에
　　醉眼을 드러보니, 거긔
　　오색 珊瑚釆에 묻처있는 娘子

　　물에서 나옵니까.

　　머리카락이라든지 콧구멍이라든지 콧구멍이라든지
　　바다에 떠보이면 아름다우렸다.

　　石壁 野生의 石榴꽃열매 알알
　　입설이 저…… 잇발이 저……

　　娘子의 이름을 무에라고 부릅니까.

　　그늘이기에 손목을 잡었드니
　　몰라요. 몰라요. 몰라요. 몰라요.

　　눈이 항만하야 언덕으로 뛰어가며
　　혼자면 보리 누름 노래불러 사라진다.

　　　　– 서정주,「高乙那의 딸」

그림 42　보티첼리, 〈비너스의 탄생〉, 1484년경.

제주도의 해녀를 모델로 쓴 이 시는 여성 육체의 신비로운 관능성이 잘 표현되어 있다. 특히 이 시의 원천에는 아름다운 육체의 전형인 '비너스의 탄생'이 놓여 있다. 화려하고 신비로운 오색 산호의 아름다움 속에서 탄생하는 여성의 이미지는 그림에서 보듯이 조개껍질 안에서 신비롭게 태어나는 비너스의 화려하고도 우아한 시각적 이미지를 담고 있다. 특히 야생적이고 붉은 석류꽃 열매로 비유되는 입술과 이빨을 가진 낭자, '몰라요'라며 거절하며 사라지는 여성의 이미지는 신비로운 환상을 환기시킨다.

한편 서정주는 반 고흐와 고갱의 그림을 좋아했으며, 『화사집』에 이런 경향이 반영되어 있다고 이야기하고 있다.[14] 그렇다면 여성 육체와 관련하여 고흐와 고갱에게 받은 영향은 무엇일까. 우선 고흐의 그림 중에서 여름과 관련된 그림이라고 서정주는 밝히고 있는데, 이는 아마도 강렬한 태양빛을 배경으로 그려진 풍경화 등을 이야기하는 것

14.　서정주, 「나의 문학인생 7장」, 『시와 시학』, 1996. 가을.

으로 보인다. 이런 풍경화들에서 고흐가 가진 생명력 넘치는 붓의 터치와 색채를 좋아한 것으로 이해할 수 있다. 여성 육체와 관련해서는 고갱 그림과의 관련성에 대해 이야기할 수 있다. 잘 알려져 있듯이 고갱은 타히티에서 생명력 넘치는 원시적 육체의 아름다움과 쾌락을 그리고 있다. 특히 구릿빛 피부를 가진 생동하는 육체는 건강한 관능성을 환기시키고 있는데, 서정주는 「정오의 언덕」이라는 시에서 "내 살결은 樹皮의 검은 빛/ 黃金 太陽을 머리에 달고// 몰약 사향의 훈훈한 이 꽃자리/ 내 숫사슴의 춤추며 뛰여가자"라며 건강한 구릿빛 육체의 아름다움과 생명력을 성애의 판타지와 함께 그리고 있다. 서정주는 고갱에게서 동양적 신비로움과 함께 건강한 원시성을 보고 있다는 것이다. 이런 맥락에서 볼 때 서정주 역시 당대에는 낯선 소재인 서구적인 육체를 향토적인 공간에 세워 놓고 있음을 알 수 있다. 즉, 서정주의 시에 등장하는 여성이 놓인 공간은 한국의 농촌이지만 그 이미지는 서구적 육체의 이미지를 갖고 있다. 이는 마치 동시대의 화가 이인성이 한국의 농촌에 고갱의 인물들을 그려 놓은 것처럼 서구적 특성과 향토성이 어색함 속에서도 절묘하게 조화되고 있는 것처럼 보인다.[15]

15.　조정육, 「'조선의 고갱' 이인성 돌아오다」,《한겨레신문》 2006. 5. 12.

그림 43　고갱, 〈이아 오라나 마리아〉, 1891.

그림 44　이인성, 〈가을의 어느 날〉, 1934.

'여성의 육체'라는 기호와 남성 판타지

근대미술사의 초기에 왜 여성인물화가 많이 나타나고 있는지에 대해서 미술사 연구자들은 각기 다른, 나름대로의 견해를 갖는다. 인체의 묘사를 통해 미술의 기본을 연마하는 동경미술학교의 아카데믹한 교육방침이 인물화를 그리게 했으며 특히 여성 누드화를 통해 인체를 정확히 그리는 것이 수업의 일부였다는 논의에서부터 한국 근대미술의 형성기에 여성들의 일상생활을 소재로 한, 인상주의 이후의 서양화가 많이 수용되었고, 여성을 모델로 앉혀놓고 그린다는 것 자체가 근대적 화가로서의 특권이자 상징으로 치부되었으며, 미인도 중심의 일본 채색화의 영향 때문이라는 설명도 있다. 다른 한편으론 근대사회에서 미술이 아름다움을 인식하고 표현하는 장르로 정착하면서 정물화에서는 꽃이 주로 그려지고 인물화에서는 여성이 다루어졌다는 논의도 있다.[16]

그런데 이상의 논의와는 다른 관점으로 여성 나체화가 주로 그

---

16. 「동경미술학교 유학 35년사」, 『월간미술』, 1989. 9; 김영나(2003); 홍선표(2002).

려지던 시대가 식민지 근대였으며 이때 여성의 육체를 바라보던 화가들이 모두 남성들이었다는 점은 식민지 근대의 화가로서 남성 화가들의 시선과 욕망의 문제를 환기시킨다. 즉 식민지 사회라는 역사적 사실과 남성 작가라는 특수성이 고려되어야만 여성 육체의 재현이 가진 의미가 보다 현실성 있게 논의될 수 있을 것이다.

왜 당대의 남성들은 여성의 육체를 선택하여 그들의 육체를 그려내었던 것일까. 그 안에는 남성 화가들의 잠재된 욕망이 내재해 있었던 것은 아닐까.[17] 이런 맥락에서 현대예술이 발전하는 19세기 말부터 예술의 원천은 남성의 리비도적인 에너지 유출에 의해 배양된다는 사고가 예술계에 확산되었음을 기억할 필요가 있다. 풍경화를 주로 그렸던 야수파 화가 블라맹크조차 그림붓을 페니스와 동일시하면서 '나는 양식에 고민하지 않고 자신의 마음과 성기로써 그리고자 한다.'고 고백했다. 특히 남성의 성적 원동력에 대한 상찬은 여성 이미지에서 강력하게 표현되고 있는데 여성 누드야말로 남성의 창조적 에너지가 성적 에너지와 가장 잘 결합한 경우이다.[18]

이런 관점은 서정주의 시를 이해하는 데 중요한 발판이 된다. 서정주 시에 나타나는 성적 에너지와 관능적 여성에 대한 몰입은 언급했듯 시인으로서의 창조적 에너지와 연관되어 있다.

---

17. 1980년대 이후 일상생활의 역사에 대한 관심과 성과 관련된 정신분석학 이론의 부활 그리고 페미니즘 이론의 확산에 따라 '육체'는 기호학적 대상, 즉 언어의 영역에 포함되었다. 육체가 사회적·언어적 구성물 즉 특정한 담론적 관습에 의해 창조된다는 것이다. 이런 현상은 자연으로서의 육체가 문화의 영역에 편입된다는 사실을 의미하는데 이처럼 문화에 육체가 편입되는 현상은 육체의 재현에 의해 이루어지는데 Peter Brooks는 이것을 육체의 기호화라고 부른다. Peter Brooks,『육체와 예술』, 이봉지·한애경 역, 문학과 지성사, 2002. 이런 관점에서 언어적 구성물인 문학 속에 드러난 기호화된 육체를 읽음으로써 당대의 육체 담론과 작가의 시선과 욕망을 분석할 수 있을 것이다.

18. Carol Duncan,「남자다움과 남성 우위: 20세기 초기의 전위회화」, Norma Broude & Mary D. Garrard,『미술과 페미니즘』, 호승희 옮김, 동문선, 1994.

따서 먹으면 자는듯이 죽는다는
붉은 꽃밭새이 길이 있어

핫슈 먹은듯 취해 나자빠진
능구렝이같은 등어릿길로,
님은 다라나며 나를 부르고……

강한 향기로 흐르는 코피
두손에 받으며 나는 쫓느니

밤처럼 고요한 끌른 대낮에
우리 둘이는 웬몸이 달어……

– 「대낮」

이것이 이때 해인사에 와서 맨 처음으로 쓴 것이다. 이런 마음이니 페스
탈로치가 제대로 되어질 리가 없었다. 아이들하고는 산수니 일본말이니
그런 공부보다도 신화얘기를 더 즐겨했고, 그보다도 더 즐긴 것은 해인
사에서 더 깊숙이 들어간 계곡의 맑은 물 속에 순나체로 가만히 들어앉
아 있는 것이었다.

내 시속에 여자 냄새는 꽤 많이 나는 편이지만 그것은 거의 내 생각 속만
의 것이다. (중략) 이런 따위의 육감이라 할 수 있는 것도 별다른 실제의 경
험도 없는 마음 속의 도가니 속만의 일이었으니 말이다. (중략) 육체를 중
요시 하는 자의 감각은 고대 그리스나 로마인들이 흔히 그랬던 것처럼
일종의 잔인을 또 자초하는 모양이지. (중략) 그리스 신화 속의 아폴론 신
같은 거나 구약의 솔로몬의 노래 속의 사내 비슷한 무엇 그런데 가까우

려는 것이 한 되어 있었다. 그런데 그것도 불교에서 무명(無明)이라 하는 혼돈과 암흑과 또 식민지 조선인의 역경의 시름 그것을 잔뜩 짊어지고 말이다.[19]

산문이나 시에서 드러나듯 서정주 의식의 근원에는 건강한 육체성에 대한 희구와 여성에 대한 성애의 에너지가 놓여 있다. 그리고 이런 의식을 조정하는 또 하나의 힘으로 식민지 조선의 현실이 놓여 있다. '동서남북 어디를 가도 밤과 피에 젖은 국토가 놓여 있는'(『바다』) 식민지 조선의 청년이었던 그에게 강건한 육체성의 희구와 관능적 여성과의 성애적 환상의 카타르시스는 현실을 극복하는 하나의 방법이 되었던 것이다. 즉 근대사회에서 타자로 존재하는 관능적 여성 이미지나 육체성이 환기시키는 반근대적 상상력이, 육체의 억압과 생명력의 소진으로 인식되는 식민지 근대에 대한 저항의 에너지로 작용할 수 있었을 것이다. 서정주는 기질적으로 여성과 사랑, 아름다움에 대한 관심이 많았던 시인이다. 그러나 여성이미지의 전통이 없었던 현대시사의 초입에 전통적 여성상과는 다른 여성 이미지를 통해 억압적인 식민지 현실 사회를 비판하고 저항하는 작가의 창조적 에너지를 발현시키려 했던 시인의 의도를 생각해볼 필요가 있다.

초기시 『화사집』의 시대를 마감하고 서정주의 여성이미지는 영원한 모성이미지로 바뀌고 또 서구적 육체성을 가진 여성이 아니라 전통적, 한국적 여성으로 변화한다. 그리고 현실에 대한 저항보다는 현실을 인정하는 순응주의자로 변모한다. 서정주의 초기시 세계는 그의 긴 시적 여정 중에서 현실에 대한 저항의식과 고민이 시인으로서의 창조적 에너지와 맞물려 가장 적극적으로 드러나고 있다. 그리고 그 세계 안에는 관능적 여성과 육감적 육체, 성애에 대한 판타지가 놓여

19.　서정주, 「해인사」, 『미당 자서전 2』, 민음사, 1994.

있었다.

　한편 또 다른 관점에서 근대 도시 사회의 특성이 이미지에 기대인 시각문화가 중심이라면 농촌 사회는 서사적이다. 그 공간은 전설, 신화, 뒷이야기, 험담으로 가득 찬 수다스러운 서사의 공간이다.[20] 이런 맥락에서 근대 사회의 현실과 마주선 서정주가 시각문화의 영향 속에서 회화 속의 여성 이미지를 통해 그 사회에 대응하고자 한 것이 초기 시의 시대였다면 이후 농촌과 향토성, 설화의 세계에 들어서면서 근대 사회의 현실과 거리두기를 시작하는 것은 단순히 우연한 시적 변화만은 아닐 것이다.

　1930년대, 현대예술의 전위성을 인식하며 식민지 근대라는 현실에 대응해 나간 시인과 그림의 만남은 『화사집』을 통해 가장 강렬하게 문학사 속에 그 의의를 각인시키고 있다.

20.　Vanessa R. Schwartz, 앞의 책, 38면.

정지용: 문인화文人畵의 전통과 정신주의 미학

화문畵文, 정지용과 길진섭의 여행

정지용은 1940년 1월 28일부터 2월 15일까지 《동아일보》에 「畵文行脚」이라는 기행수필을 연재했다. 총 12회에 걸쳐 연재된 이 수필은 평안남북도의 선천, 의주, 평양 등과 중국 단동의 오룡배 온천 등을 여행한 감상문인데, 그림과 문장을 내세운 그 제목이 특별하다. 정지용은 평양 기행문을 4회에 걸쳐서 쓰는데, 세 편은 「화문행각」 연재에 싣고, 한 편은 같은 달에 발간된 『문장』(1940. 2)에 「愁誰語(平壤)」으로 발표한다. 이렇게 보면 평양 기행문은 총 4회로 그 분량도 가장 많은데, 그 어느 지방보다 평양에 대한 정지용의 애정이 엿보이고 있다. 평양에 대한 호감은 낯선 지방의 문화에 대한 호기심에서 비롯된 것이기도 하겠지만, 한편으론 기행문에서 '길'(吉)이라고 부르는 오랜 지기(知己)와의 친분과 우정에 바탕하고 있는 것으로 보인다.

평양에 나린 이후로는 내가 완전히 吉을 따른다. 따른다기보담은 나를 일임해 버린다. 잘도 끌리어 돌아다닌다. 무슨 골목인지 무슨 동네인지 채 알아볼 여유도 없이 걷는다. 수태 만난 사람과 소개인사도 하나 거르지 않았지마는 결국은 모두 모르는 사람이 되고 만다. 누구네 집 안방 같은 방 아루깐 보료 밑에 발을 잠시 녹혔는가 하면 국수집 이층에 앉기도 하고 낳고 자라고 살고 마침내 쫓기어난 동네라고 찾아가서는 소낙비 피해나 가는 솔개처럼 휘이 돌아오기도 하고, 大同門 턱까지 무슨 기대나 가진 사람 같이 와락와락 걸어갔다 가는 발도 멈추지 않고 홱 돌아서 온다. 담배 가게에 가서 담배를 사고 우표집에 가서 우표를 사고 백화점에 가서 쓸데 없는 것을 사들어 짐을 삼고 누구집 상점 2층에 몬지에 켜켜이 쌓인 帝展에 파스했던『母子』라는 유화와 그리다가 마치지 못하고 이여 돌아가신 아버지의 초상화와 그의 대폭소폭의 4, 5점을 끄내어 보고서는 다시 딘속할 의사도 없이 나오고 만다. 어떤 다방에 들러서는 정면에 걸린 졸업기 제작 1점이 자기의 승낙도 없이 걸린 이유와 경로를 추궁하는 나머지에 카운터-에선 흰 쓰메에리 입은 청년과 다소 기분이 좋지 않아 나오기도 한다. 淸流壁 길기도 한 벼랑이 눈 녹은 진흙을 가리지도 않고 밟을 적에 허리가 가늘어지도록 실컷 감상한다. 감상에 즉시 내가 감염한다. 오줌도 한데 서서 눈다. 대동강 얼지 않은 군대군대에 오리목아지처럼 파아란 물이 옴찍 않고 쪼개져 있다. 집도 친척도 없어진 벗의 고향이 이렇게 고운 평양인 것을 나는 부러워한다.[1]

평양 기행의 시작을 알리는 글의 첫 부분을 정지용은 여행 벗이었던 '길'의 행적을 그리는 것으로 시작한다. 집도 친척도 이미 없는 고향, 쫓기듯이 떠나온 기억을 간직한 벗에게 고향은 어떤 것이었을까. 이런 친구의 마음을 짐작이나 하듯 고향에 왔어도 어디 한 군데 오래 머물지 못하고 우왕좌왕하는 벗의 움직임을 묘사하는 정지용의 필치는 유머 안에서 서글픔을 느끼게 한다. 평양의 명소인 대동문을 홱 돌아 나오고 대동강변의 청류벽(淸流壁)을 허리가 가늘어지도록 감상하는

1.　　정지용, 「화문행각 7 -평양 1」.

그림 45　길진섭이 동경미술학교를 졸업하며 그린 자화상 1932.
동경미술학교는 졸업작품으로 자화상을 제출하도록 하였다. 길진섭을 포함하여 당
대 근대 화가의 대부분이 동경미술학교 출신이었으므로 개성있는 자화상들이 많이
그려졌다.

친구를 바라보는 정지용은 친구의 고독과 쓸쓸함을 헤아리는 것 같
다. 그러면서도 장난기가 발동하여 노상방뇨를 감행하는 친구들. 이러
한 둘의 행각 속에 인간애와 우정이 그대로 드러난다. 그렇다면 「화문
행각」 연재 내내 '길'이라고 불린 이 친구는 누구일까.

　'길'이라고 불린 벗은 화가 길진섭으로 시인 정지용과는 1930년
대 문학 단체인 구인회와 미술 단체인 목일회의 교류 시절부터 알고
지낸 사이로 당시 『문장』의 동인이었다. 그는 장로교회 목사이자 교

육가로 민족대표 33인의 한 사람인 길선주목사의 아들로 평양에서 1907년에 태어났다. 정지용이 1902년생이고 보면 그는 나이어린 벗이었을 것이다. 길진섭은 화가가 되는 것을 반대하는 아버지를 피해 일본으로 건너갔는데, 평양 기행문에서 그가 왜 쫓겨나듯이 고향을 나왔는지 짐작이 간다. 길진섭은 1932년 동경미술대학 서양화과를 졸업한 후, 민족적 성격의 서화협회전람회인 목일회(牧日會) 동인전에 작품을 발표하기도 했으며, 해방 이후에는 서울대 예술대학 교수로 있다가 월북하였다. 길진섭은『문장』의 동인이었던 김용준이나 목일회의 동인이었던 구본웅이나 김환기에 비해 남한의 학계에서 많은 논의가 이루어지지 못했는데, 이는 월북 화가인 그가 북한에서 당의 주체적 문화사상과 독창적인 문예방침을 수용한 우수한 작품을 창작한 작가로 평가받았음과도 관련된다.[2]

길진섭을 비롯하여『문장』의 미술인 동인들의 특성은 1930년대 중반을 넘기면서 동양화로 전필하거나 서양화와 동양화를 결합시키고 있었다. 당대 미술계의 흐름은 조선문화 담론과 관련된 동양주의였는데 이는 동양적, 향토적 소재와 동양화의 전통화법을 추종하는 복고적 흐름과 현대적 신양식과 소재를 취하되 정신적 측면에서 동양주의를 추구하는 부류로 나누어져 있었다.『문장』에 속한 김용준과 길진섭 등은 후자에 속하는 그룹으로 소재나 감상성의 수준에서 전통을 복고하는 것에 비판적인 입장을 취했다. 길진섭은 서양화를 그리면서 조선색과 선에 대한 고려는 물론,『문장』의 표지를 담당하면서 조선 고전의 색감과 정조를 탐구하려 노력했다.『문장』의 창간호부터 잡지의 디자인을 총괄하면서 외국서적만을 모방해왔던 당대 장정문화에서 우리적인 장정, 우리적인 표지가 무엇인지 보여주겠다는 포부로 표지화를 기획, 제작하였다.『문장』미술 동인들이 추구한 조선색에

---

2.   「북녘 작가 그림여행 16」,『통일한국』, 2008. 5; 리재현.『조선역대미술가편람』(증보판), 문학예술종합출판사, 1999.

그림 46　길진섭이 그린 『문장』 표지
(1940. 11)

그림 47　동아일보에 게재된 「畵文行脚」

대한 성찰은 『문장』의 동인이었던 정지용, 이태준의 작품경향과도 일치한다.

　　그러므로 '畵文行脚'이란 화가 길진섭(畵)과 시인 정지용(文)이 떠돌아다니며(行脚) 만난 조선 산천의 아름다움, 지역의 인정, 지방 문화가 간직한 조선 전통 문화에 대한 시인과 화가의 공감의 이야기로 이해하는 것이 자연스럽다. 조선 문화와 전통, 조선 산천과 풍속에 대한 두 예술가의 미학적 공유의식이 이 여행을 가능케 했기 때문이다. 기행문 매 편이 정지용의 글과 길진섭의 그림이 어우러져 한편의 글로 완결성을 갖는 것이 바로 대상에 대한 공통적인 미의식에 근거해 있음을 보여준다.

신문인화新文人畵, 시와 그림의 만남

일제의 억압으로 우리말과 시의 위축이 심화되고 있을 때, 정지용은 "시학과 시론에 자주 관심할 것이다. 시의 자매예술론에서 더욱이 동양화론, 書論에서 시의 향방을 찾는 이는 비뚤은 길에 들지 않는다. 經書, 聖典類를 심독하야 시의 원천에 침윤하는 시인은 불멸한다."[3]라고 강조한다. 그가 찾은 시의 향방은 도대체 무엇이었을까.

정지용은 중국 한시의 전통에서 인간이 자신의 감정을 표현하고 이를 통합하는 시법을 터득했다.[4] 뿐만 아니라 동양시학에서 단순히 기법만이 아니라 예술과 사상, 시와 삶에 관한 기본 태도 역시 배웠는데, 문인화의 정신 역시 동양시학과 연결되면서 시와 삶에 대한 관점을 제공한 것으로 추측할 수 있다.

미술인 김용준과 길진섭 등이 추구한 예술의 정신은 문인인 이태준, 정지용과도 일치를 보이는 것이었는데, 이들 동인들은 특히 '문인

---

3. 정지용, 「시의 옹호」, 『문장』 5호, 1939. 6.
4. 최동호, 「정지용의 산수시와 情景의 시학: 장경렬 교수의 「비」의 해석과 관련하여」, 최동호·맹문재 외, 『다시 읽는 정지용 시』, 월인, 2003.

화' 정신과 미적 감각을 중심으로 공동의 예술적 감각과 가치를 공유할 수 있었다. 특히 동양화로 전필한 김용준은 이태준, 길진섭과 함께 목일회 동인들을 『문장』에 참여시켜 '신문인화'(新文人畵) 운동을 선도하였다.

김용준이 주도했던 문인화 운동은 기존의 동양화가들이 중심이 된 보수적이고 고답적인 문인화와는 방향을 달리 하였다. 일본 유학생, 특히 유화가들이 중심이 되어 새로운 현대적 시각과 감성을 문인화에 접목시킴으로써 전통을 기반으로 하되 현대적 감성을 적절하게 가미함으로써 법고창신(法古創新)을 이루고자 하였다.[5] 이런 의미에서 문인들과 미술인들이 서로 교류하면서 공감한 문인화의 세계에 대한 지향은 각 작가들의 작품 창작 원리로 중요하게 작용한 것으로 보인다.

일반적으로 문인화(文人畵)는 직업화가가 아닌 순수한 문인이 그린 그림을 말한다. 즉 사람의 신분에 따라 붙인 명칭이다. 글이나 서예에 관심이 많은 문인들의 그림이라 시(詩), 서(書), 화(畵) 세 요소가 잘 혼합되어 있으며 그림 속에 시적인 함축성과 서예에서 추구하는 필력 등이 잘 표현되어 있다. 그림 속에 작가의 심경이 담겨 있으며 높은 학문과 품격이 스며 있는 그림으로 사상과 문학적 내용이 암시적으로 표현되어 있는 작품이다.[6] 서양화처럼 실사가 아니라 화가 내면의 산수, 즉 의중을 드러내는 풍경화이다.

특히 『문장』의 동인들은 동양 고전의 정서와 품격을 갖춘 남종문인화를 주로 그렸다. 동양적 유화의 과정을 지나 남종 문인화로 귀착한 김용준은 '詩書畵'(시서화)일치 사상에 주목하였으며, 세속에 타협하

---

5. 서양의 인상파 이후의 입체파, 상징주의, 후기 인상주의, 표현주의, 미래파 등이 강조하는 주관성은 형태를 간략하게 선묘와 평면적 색조로 구성하는 표현의 기법적 측면을 강조했는데, 이는 문인화에서 선이 환기하는 직관적 감성의 표출이나 간소함과 평판성, 서예성, 사의성(寫意性) 등과 만날 수 있었다. 홍선표, 「근대미술사 특강」, 『월간미술』, 2004. 11.
6. 조용진·배재영, 『동양화란 어떤 그림인가』, 열화당, 2001, 46면.

그림 48 〈歲寒圖〉, 1844. 조선후기의 화가 김정희가 그린 문인화. 작가의 농축된 내면 세계에서 표출된 필선과 먹빛의 담백하면서도 고담한 분위기는 문인화가 지향하던 사의(寫意)의 세계와 서화 일치의 극치를 보여 준다. 조선시대 문인화의 가장 대표적인 작품이다. 『문장』의 동인들은 김정희의 문인화 정신을 계승하고자 했다.

지 않는 문인들의 고고한 지조, 거속과 탈속의 정신을 계승하였다. 그는 남종 문인화의 서화(書畵) 일치 사상을 통해 문인 정신을 계승함으로써 시대의 위기를 극복할 올바른 전망을 제시하고자 했다.

　　문인화가 추구한 미학적 이념은 정지용의 후기시와는 어떤 점에서 관련성이 있는 것일까. 문인화가 강조하는 인품과 성정의 논의는, 최동호가 정지용의 후기시를 산수시로 개념화시킨 이후 조선 후기의 성정론(性情論)과 관련하여 설명함으로써 보다 정교해졌다. 연구자는 정지용의 정신주의가 성정을 다스리는 것, 즉 마음을 가다듬고 정신적 자기중심을 세워야만이 시를 쓸 수 있다는 전통적인 시성정론과 맞닿아 있음을 밝히고 있다.[7]

　　정지용은 문인화가 추구하는 시적인 암시와 함축성을 통해 정신주의적 윤리와 미학을 구체화하려 했던 것으로 보인다. 일반적으로 문인화는 암시와 상징을 담고 있는데, 특히 그림이 갖는 여백은 화가가 전하고자 하는 의미를 읽어내는 데 중요한 역할을 한다. 문인화 중에서 남종문인화는 여백을 많이 표현하였다. 이는 무념무상(無念無想)

7.　　최동호, 「정지용의 산수시와 성정의 시학: 중국과 한국의 산수화론과 시적 미학」, 『시와 시학』, 2002. 여름.

의 참선으로 깨달음을 얻는 불교의 남종선(南宗禪)에서 유래한 것이기도 한데, 유교의 고고한 선비사상과 간결함과 소박함의 숭상이 여백을 선택하게 하였다. 남종문인화를 좋아했던『문장』동인의 취향을 고려한다면 정지용 역시 동양화의 여백의 미학을 정신적인 이념은 물론 시의 형식을 통해서도 드러내려 했으리라 짐작한다.

　　정지용 시의 '여백'은 행이나 연의 구분의 기능을 담당하는 것이 아니라 비어 있으면서도 그 자체로 의미가 있는 동양화의 여백을 충실히 재현하고 있는 것으로 평가받아 왔다. 그렇다면 그림의 여백이 시 작품 안에서는 어떻게 전환되고 있을까.

伐木丁丁 이랬거니　　아름도리 큰솔이 베혀짐즉도 하이　　골이 울어 멩아리 소리 쩌르릉 돌아옴즉도　　하이　　다람쥐도 좇지 않고　　뫼ㅅ새도 울지 않어　　깊은산 고요가 차라리 뼈를 저리우는데　　눈과 밤이 조희보담 희고녀 ! 달도 보름을 기달려 흰 뜻은　　한밤 이골을 거름 이랸다 ? 우ㅅ절 중이 여섯판에　　여섯 번지고　　웃고 올라 간뒤　　조찰히 늙은 사나히의　　남긴 내음새를 줏는다 ?　　시름은 바람도 일지않는 고요에 심히 흔들리우노니　　오오 견디랸다　　차고 兀然히　　슬픔도 꿈도 없이　　長壽山속 겨울 한밤내!

– 정지용, 「長壽山 1」

위의 시는『문장』2호(1939. 3)에 게재된 작품인데, 시어와 시어 사이의 여백이 일반적인 시에 비해 넓다. 이는 시각적으로 볼 때 단어의 사이와 사이에 여백의 공간이 있음을 강조하고 있는 것이다. 이러한 시 형태의 변형은 정지용이 동양화, 즉 문인화의 정신과 기법을 자신의 시에 반영하고자 하는 의도로 보인다. 이런 의미에서 발표 당시 제시된 여백의 의도를 헤아려볼 필요가 있다.

이 시의 전반부에서는 산의 공간성이 풍경처럼 그려지고, 후반부에서는 인물과 사건이 등장한다. 이때 전반부의 풍경은 후반부의 주제를 강조하기 위한 배경효과로서 기능한다. 즉 정지용이 전달하고자 하는 관념이 있고 그것이 산의 풍경으로 묘사되고 있다. 이것은 문인화에서 시인의 관념을 전달하기 위해 화제(畵題)가 선택되는 것과 동일하다.

이 시의 내용 중 중요한 사건은 '진다'라는 것이다. 시인이 이런 상황을 선택하고 있는 이유는 무엇일까. 이 시의 처음은 커다란 아름드리 나무가 베어지는 순간으로 시작한다. 그 나무가 베어지는 것이 상상이더라도 그 의미는 간단하지 않다. 시리고 찬 겨울 산에서 쓰러지는 커다란 나무에 대한 상상은 이 시의 주제의식과 맞닿아 있다. 아름드리 나무가 쓰러지는 겨울산의 현실은, 시름에 흔들리는 화자의 내면과 연결된다. 또한 더욱 비극적인 것은 오랜 기간을 살아 왔을 그 나무가 쓰러지는 그 시름을 '견디어내야' 한다는 사실이다. 이런 상황적 비유는 조선의 전통과 현실적 비극을 환기시킨다. 그리고 이때 '진다'는 것은 서늘하게 참고 견디는 정신주의의 윤리를 암시한다.

커다란 나무가 쩌르릉 울리며 쓰러지는 것도 잠깐, 다시 겨울산은 고요와 적막과 추위에 휩싸인다. 만약 시의 여백에 따라 쉬면서 시를 읽어내려 간다면 각각의 시어들이 환기하는 추위와 고독은 배가된다. 이는 동양화에서 홀로 놓인 사물들이 제 각각의 의미를 지시하고 있는 것과 연관된다. 그러나 그렇다고 이 사물들이 독립하여 자신의 의미만을 주장하는 것은 아니다. 그 사물 각각의 의미를 전체화하면서 그림에서 무슨 메시지를 전달하려고 했었는지 이해할 수 있게 된다. 문인화의 경우 대상들이 갖는 상징이 그림의 의미를 만들어 내기 때문에 대상 각각의 의미 파악, 그리고 이들이 함께 만들어내는 조화와 균형의 의미는 매우 중요하다. 따라서 「長壽山 1」의 독해 역시 아름드리 나무의 베어짐, 여섯판 모두 지고 올라간 웃절 중, 고요하고 찬 겨울 산 등이 여백과 함께 만들어내는 의미의 곱씹음 속에서 "견디란 다"가 환기하는 정신주의의 궁극을 이해해야 한다. 시름의 흔들림이 라는 '열(熱)'은 겨울산의 차가움에 의해 냉(冷)하고도 올연히 통제되고 있다. 이처럼 정지용은 동양화론, 문인화의 전통을 통해 정신성과 사 유의 깊이를 얻는다.

정지용은 1938년부터 일련의 시론을 발표하는데 그는 전통을 계 승한 정신주의 미학이 근대시가 나아갈 방향임을 일관되게 주장하고 있다.

시작(詩作)이란 언어 문자의 구성이라기보담도 먼저 성정(性情)의 참담 한 연금술이오 생명의 치열한 조각법인 까닭이다. (중략) 시의 Point d' appui(策源地)를 고도의 정신주의에 두는 시인이야말로 시적 상지(上智)에 속하는 것이다. 보드레르, 베르렌 등이 구극에 있어서 頹唐放逸 (퇴당방일) 한 무리의 末期 왕이 아니요 비푸로페셔날의 종교인이었던 소이도 이에 있는 것이다. [8]

시인은 구극에서 언어문자가 그다지 대수롭지 않다. 시는 언어의 구성이 기보다 더 정신적인 것의 열렬한 정황 혹은 旺溢 한 상태 혹은 황홀한 사 기임으로 시인은 항상 정신적인 것에서 정신적인 것을 조준한다. 언어와 종장(宗匠)은 정신적인 것까지의 일보 뒤에서 세심할 뿐이다. (중략)
시인은 정정한 거송(巨松)이어도 좋다.
그 위에 한 마리 맹금(猛禽)이어도 좋다
굽어보고 高慢하라.[9]

---

8. 정지용, 「시와 감상: 영랑과 그의 시」, 『여성』, 1938. 8-9.
9. 정지용, 「시의 옹호」, 『문장』, 1939. 6.

정지용은 문인화의 '인품' 강조를 성정과 생명, 또는 고도의 정신주의와 대비시키고 있다. 정지용은 정신주의란 성정을 다스린다는 것, 즉 마음을 가다듬고 정신적 자기중심을 세워야만이 시를 쓸 수 있으리라는 전통적인 시성정론(詩性情論)을 의미하는 것으로 설명한다. 그리고 시인의 높은 정신적 수준에서 우주와 삶을 꿰뚫는 진실을 볼 수 있다는 점에서 상징주의 시인 보들레르와 베를렌 역시 그러함을 견주어 이야기하고 있다. 정신적인 것에 집중하는 시인은 세상 위에 우뚝 서서 그 세상을 내려다볼 수 있을 것이라는 생각이다.

정지용의 이런 경향은 선비의 고고한 정신성과 단아한 기품을 동양문화의 정수로 여기고 자연과 일체가 되는 사상, 선과 명상을 중시하는 동방의 정취를 숭상한 『문장』과 어우러지면서 미술인을 포함한 동인들과 어울릴 수 있었다. 동인이었던 미술인 김용준 역시 '진정한 조선화란 '정신'이 중요한 것이지 무엇을 그렸는가에 의해 결정되는 것은 아니다.'라고 강조했는데,『문장』이 취한 이런 태도는 선비의 고결한 인격과 정신을 계승하여 자본주의적 물질문명의 천박함을 거부하고 세속과 시류에 등을 돌림으로써 일본 제국주의에 저항하는 의지의 발현으로 평가받기도 한다. 이는 전통적으로 문인화가 내포하는 작가의 주관성과 정신적 가치의 투사방식이 외부의 권위나 대상의 객관적인 재현을 거부하고 주관적 인식을 확장함으로써 최대한 자기세계를 확보할 수 있었으므로 가능한 저항의 방식이었다.

정지용은 전통을 통해 식민지를 살아가는 근대시의 새로운 미학을 상상했다. 그것은 '안으로 열하고, 겉으로 서늘한' 것으로 이것이 바로 근대시가 갖출 위의(威儀), 즉 위엄있는 태도라고 생각한다.[10] 내면적으로 열(熱)하다는 것은 치열한 사유를 의미하며, 외부적인 서늘함은 그것을 통제하는 능력을 말한다. 그러므로 정지용에게 전통 문인화가 끼친 정신주의적 영향은 자신의 '열'을 극복하여 스스로를 성찰하고,

---

10. 정지용,「시의 威儀」,『문장』, 1939. 11.

상황을 사유하는 냉철한 판단력이다. 즉 현실에 대해서는 '굽어' 겸허히 성찰하고 정신은 의연하게 버티면서 高慢하기를 강조한다. 이러한 미학적 태도의 배면에는 일제 말기의 암울함에 대응하려는 정지용의 강인한 자세가 놓여 있다.

절제와 여백의 상상력

「畵文行脚(화문행각)」에는 두 친구의 우정뿐 아니라 곳곳에 두 예술인의 예술관을 엿볼 수 있는 내용들이 나오는데, 이는 문인화(文人畵)의 미학적 이념이 드러나는 부분이기도 하다. 1930년대 말 정지용의 후기시는 '조선적인 것'을 추구하던 당대의 조선문화담론으로부터 일정하게 영향을 받으면서 조선적이며 전통적인 시학을 추구하려는 세계로 평가된다. 특히 정지용은 선천, 의주, 평양 등 북부 지역 여행을 통해 조선적 공간을 새롭게 발견하고 있는데, 이는 일제 말기 문학과 회화가 추구했던 전통적인 미의식을 조선 국토 여행을 통해 의미화한다는 점에서 주목할 만한 여행이라고 할 수 있다.

조선초갓집 지붕이 역시 정다운 것이 알어진다. 한데 옹기종기 마을을 이루어 사는 것이 암탁 등저리처럼 다스운 것이 아닐가. 만주벌은 5리나 10리에 상여집 같은 것이 하나 있거나 말거나 하지 않었던가. 산도 조선산이 곱다. 논이랑 밭두둑도 흙빛이 노르끼니하니 첫째 다사로운 맛이 돈다. 추위도 끝닿은데 와서 다시 정이 드는 조선 추위다. 안면 혈관이

바작바작 바스러질듯한데도 하늘 빛이 하도 고와희 옷고름 길게 날리며
펄펄 걷고 싶다. [11]

밤늦어 들어온 장국에 다시 의주의 풍미를 느끼며 수백년 두고 국경을
守禁하기는 오직 풍류와 전통을 옹위하기 위함이나 아니었던지…… 멀리
의주에 와서 훨석 '李朝的'인 것에 감상하며……. [12]

수심가는 순연히 백성 사이에서 자연발생적으로 된 토속적 가요라고 볼
수밖에 없을까 한다. 단순하고 소박한 리듬에서 툭툭 불거져 나둥그는
비애가 어딘지 남도 소리에서보다 훨씬 근대적인 것이기도 하다. 살얼음
아래 잉어처럼 소곳하고 혹은 바람에 향한 새매처럼 도사리고 부르는
토산 기생의 수심가는 서울서 듣던 것과도 다르다. [13]

위의 인용문들을 보면 정지용이 조선적인 아름다움에 주목하고
있음을 알 수 있다. 정답고, 곱고, 다사롭고, 정이 드는 조선의 풍광과
국토, 그리고 이조적인 풍류와 전통은 정지용에게 조선적인 소박한
미의식에서 근대적인 맛을 느끼게 한다. 정지용은 평양 기생의 수심가
가 남도와는 다르게 지배층을 위한 노래가 아니라 토속적이며, 단순
소박하다는 평가를 내리는데, 이는 조선적인 것, 전통적인 가치가 근
대적 또는 제국적인 가치에 대응할 수 있다는 의미로도 읽힌다.

이런 산문과 함께 길진섭의 그림이 실렸는데, 그 화제(畵題)는 평양
에서 경치가 아름답기로 유명한 팔경 중 하나인 대동강에 있는 섬, 능
라도이다. 정지용과 길진섭은 각기 평양의 문화적 전통과 풍물 등을

11.　정지용, 「화문행각 4 -의주 1」.
12.　정지용, 「화문행각 4 -의주 3」.
13.　정지용, 「화문행각 8 -평양 2」.

그림 49 길진섭, 〈굽어보는 능라도〉, 1940.

소개함으로써 민족 문화의 원형을 환기하고, 기행문으로서의 역할을
다하고 있다.

길진섭은 수묵의 단순한 필치를 통해 능라도의 풍경을 소박하고
절제된 풍경으로 표현함으로써 문인 수묵화의 전통을 살리고 있다.
〈굽어보는 능라도〉는 간결하면서도 힘있는 필치로 앞부분에 서 있는
나무들의 몸통과 가지를 쭉쭉 힘있게 뻗은 선으로 표현함으로써 능라
도의 아름다움을 재현한다. 이때 화면은 담백하고 소박하면서도 힘이
있어 보인다. 정지용이 수심가를 통해서 상찬했던 단순, 소박, 툭툭 불
거지는 힘의 미학이 길진섭의 필력을 통해 살아나고 있다.

이처럼 정지용은 길진섭과의 교류를 통해 문인화의 정신과 기법
을 구체적으로 수용하고 있음을 알 수 있는데, 정지용과 길진섭과의
우정은 각별했던 것으로 보인다. 두 예술가의 친분의 정도와 예술적
공감대가 「화문행각」에 잘 드러나 있다. 예를 들어 정지용은 통군정

에 흥미를 갖지 않는 길진섭에 대해 서운해하기도 하지만(『화문행각 4 -의주 1』) 평양에서는 오로지 길진섭에 의지해 여행을 하기도 하며, (『화문행각 7 -평양 1』) '꿈에서 같이 웃는 길(吉), 밉지 않은 취안(醉顔)'(『수수어 -평양』)이라며 길진섭에 대한 애정을 표현하고, '차표를 물리고 의주에서 술을 마시자는 길진섭'(『화문행각 5 -의주 2』) 에 대해 난감해 하면서도 즐거워한다. 이처럼 그들은 서로 의지도 하고 말벗이 되면서 예술에 관한 이야기와 함께 긴 여정을 함께 한다.

여행 중에 길진섭은 평양 기생들의 모습을 스케치하기도 하고 어느날은 정지용과 함께 다방에 들어갔다가 모딜리아니의 화집을 감상하기도 한다.

모딜리아니 화집을 어떻게 구하여 온것을 마스터한테 물어보며 가지고 싶기까지 한 것을 느낀다. 모가지마다 가늘고 기이다랗고 육체를 그리기 위한 것이 아니요, 육체 안에 담긴 슬프고 어여쁜 것을 詩하기 위하여 동양화처럼 일부러 얼골도 가슴도 손도 나압작하게 하고도 유순하게도 서양적 pathetics 에 정진하다가 미완성으로 마친 모딜리아니의 그림에 나는 애연히 서럽다. 다시 일어나 우리는 바깥 추위와 붉은 거리의 등불이 그리워 한쌍 黑蛾처럼 날러 나간다.[14]

정지용과 길진섭은 모딜리아니(Amedeo Modigliani, 1884-1920)의 납작함, 즉 평면성과 유순성, 가늘고 긴 선의 형태에서 동양화적 상상력을 읽어낸다. 모딜리아니가 추구한 사물의 단순화, 선의 표현력 강조 그리고 특정 부분을 강조하거나 왜곡하여 변형시키는 데포르메는 풍부한 질감보다 담백함과 소박함을 추구하는 수묵화의 세계와 맞닿아 있다. 특히 모딜리아니가 단순히 기다란 육체를 그리려 한 것이 아니라 그

---

14.   정지용, 「화문행각 7 -평양 1」.

그림 50   모딜리아니, 〈큰 모자를 쓴 잔느 에퓨테른느〉, 1917.

육체를 통해 詩를 말하고자 한다는 정지용과 길진섭의 생각, 즉 입체감을 최소화하고 단순화한 육체를 통해 함축적이고 암시적인 어떤 메시지를 주려 한다는 해석은 단순하고 소박한 선과 여백을 통해 암시와 상징, 그리고 고도의 정신성을 획득하려 했던 문인화의 예술적 지향과 맞닿아 있다.

한국 근대 시인과 회화적 상상력

임화와 아방가르드 미학

20세기 전후 서구예술의 중심에는 다양하고도 전위적인 미술 운동이 있었다. 후기 인상주의 이후, 야수파, 입체파, 미래파, 다다이즘, 초현실주의 등은 시간적, 공간적 차이는 있었지만 미학과 경향이 서로 교차하면서 19세기 말에서 20세기 초 서구 예술을 주도해 나갔다. 서구 예술을 거의 동시대적으로 수용한 일본을 통해 우리 역시 서구 미술의 다양한 유파들을 접할 수가 있었다.

다다이즘이나 초현실주의 등 아방가르드 미학은 주로 1930년대 이상과 김기림 등에서 논의되는 예술 사조이지만, 이보다 앞선 1920년대 후반 임화는 다다이즘과 미래파를 수용한 시들을 발표한다. 1927년에 발표한 「畵家의 詩」는 전위적인 화풍을 통해 새로운 시의 미학을 추구하고 있다는 점에서 회화적 상상력의 일단을 보여준다.

파열된유리창틈바구니엔
목떨어진노동자의 피니린내가나고
銀行所벽돌담에는 처와자식들의

말라붙었던껍질 春節의미풍으로
구렁이탈같이흐느적거린다

春節의풍경화는 나의「칸바-스」위에서
이렇게화려하고 陽氣있게되어간다
有爲한청년화가의 고린내나는권태와
肉臭가코를찌르는「아트리에」속에서
인간의낡은피와 다삭은뼈를가지고
이천재예술가는 풍경화를새긴다

그러나「싸로-」의作品으로는
나의생각은 너무나上等인것같다
인형과전차표 兵丁구두로그린그림이
암만해도 나는화가以上이다

春野를걸어가는 장신의청년
실연한사나이 아니면소매치기로출세한—
그는별안간돌아서 나의이마를후렸다
나의畵中에出場시킨충실한인형이—
그리고그는도망을하였기때문에畵板에큰구멍이뚫어져버리었다
복수—나는불공대천을맹서하고 이그림을그린다
이것은나의출세할그림역사의「스토리」이다

암만해도나는 회화에서도망한예술가이다
미래파—功的이고亂調美의추구
그것도아니다 결코나의그림은미술이못되니까—
하마터면 또는

一九一七年十月에일어난兵丁의행렬과冬宮午後三時와九時사이를

浮彫하고있을지도모를것이다

　사랑할만한「아카데믹」의有爲한청년의작품이ㅡ

　오오 나의그림은분명히나를반역했다

　그리고 새로운나를 강요하는것이다

　빵기ㅡ냄새를피우고피냄새를달랜다

　그리할것이다 나는이후부터총과마차로그림을그리리라

　　– 임화, 「畫家의 詩」

　우리 문단에 다다이즘이 수용된 것은 1924년이다. 일본의 다다이스트인 다카하시 신키치(高橋新吉)가 서울을 방문한 후 고한용의 「서울에 왔던 따따이스트 이야기」라는 글이 『개벽』(1924. 10)에 발표된 후 고한용, 방원룡 등의 이론 소개와 김화산, 김니콜라이 등의 다다시가 발표되었다. 임화 역시 다카하시 신키치의 시집을 사 읽고 다다이즘이라는 말을 배웠으며 이치우 지도리(一氏義良)의 『未來派研究』을 읽었고, 양화(洋畫)를 공부하다가 우연히 무라야마 도모요시(村山知義)란 사람의 『금일의 예술과 명일의 예술』이란 책을 구경하고 열왕하여 그때부터 낡은 감상풍의 시를 버리고 다다풍의 시작(詩作)을 시험했다고 고백했다.[1] 또한 임화는 1926년 「풀테스파의 선언」(《매일신보》 4. 4-16), 「근대문예의 잡감」(《매일신보》 5. 23) 등에서 1912년 시작한 미술운동으로 신기하학적 추상과 기계주의에 대한 기대와 공포를 작품에 결합시킴으로써 입체주의(Cubism)와 미래주의(Fururism)가 혼합된 듯한 양상을 보여 주었던 영국의 미술사조인 '소용돌이파(Vorticism)'와 미래파에 관한 깊이 있는 소개를 한 바 있다. 이런 독서와 글쓰기의 관점을 보면 임화는 다다이즘

1.　　임화, 「어떤 청년의 참회」, 『문장』, 1940. 2.

그림 51　프란시스 피카비아, 〈사랑의 행진〉, 1917.

피카비아는 프랑스 태생으로 화가·삽화가·디자이너·작가·편집인 등으로 활동했다. 그는 입체파와 다다이즘, 초현실주의 운동에 연이어 참가했다. 선동적인 다다 시위에 참여했으며, 기계주의 작품을 전시함으로써 1919년 최초로 기계회화를 전시했다. 기계의 미학을 예찬한 페르낭 레제가 튜브처럼 생긴 그림을 그렸지만 완전히 기계로 그림을 그린 사람은 피카비아가 최초였다. 피카비아는 현대미술의 커다란 특징인 끊임없이 움직이는 것을 극단적인 형태로 보여주었고 새로움 자체를 추구한 화가였다.

을 문학을 통해서라기보다 회화를 통해 수용했음을 알 수 있다.

잘 알려진 대로 '다다(dada)'는 어린 아이의 장난감 목마를 뜻하는 프랑스어로 아무런 의미가 없다는 뜻에서 붙여졌다. 제국주의 전쟁에 환멸을 느낀 예술가들은 1916년 스위스 취리히에 모여 반문명, 반합리주의 예술 운동으로 전쟁의 살육과 파괴를 증오하며 기존의 전통과 문화에 대한 신뢰를 부정하며 예술 형식의 파괴와 부정 역시 주장했다. 조형예술 분야에서는 뒤샹(Henri Robert Marcel Duchamp) 아르프(Hans Arp), 피카비아(Francis Picabia), 슈비터스(Kurt Schwitters) 등이 주요 화가인데 그들의 작품은 환상적, 상징적, 풍자적이어서 무정형 또는 기계 형태적인 구성을 취하였다. 그들은 예술가와는 아무런 관계도 없는 물건이나 그 한 부분을 오브제로 사용하여 무의미속의 해방감을 추구하였다. 프랑스 시인 트리스탄 짜라(Tristan Tzara) 역시 모든 논리는 허망하다고 외친 후 브르통, 아라공 등과 함께 문학상의 다다이즘 운동을 펼쳤다. 그들은 작가가 시를 읊던 무대 위에 눕거나 여러 나라의 시를 한꺼번에 읽는 등 기존의 미학을 완전히 전복시켰다.

임화는 「畫家의 詩」에서 띄어쓰기 무시, 줄표의 반복적 사용, 구두점 제거 등 형식적 요소를 파괴하고 주제적으로는 인간의 낡은 피와 삭은 뼈를 갖고서 기존의 풍경화 대신 총과 마차의 그림을 그리겠다는 선언을 통해 기존 문학의 형식과 전통의 파괴 즉 아카데미즘으로부터의 단절과 새로운 미학을 추구하는 다다이즘의 정신과 미학을 보여준다. 1917년 10월에 일어난 병정의 행렬이란 러시아 10월 혁명을 뜻하는데, 이로부터 유추하자면 피와 총과 마차로 그림을 그리겠다는 그의 의지는 계급 혁명에로 삶과 예술의 방향을 바꾸겠다는 예술가적 신념으로 읽힌다. 특히 '피'와 '총'과 '마차'라는 표현에서 힘과 속도가 느껴진다. 새로운 그림을 그리겠다는 시인의 다짐은 생의 질적 변화를 의미하기 때문이다. 속도와 힘에의 의지는 미래파적 성격을 환기시키기도 한다. 임화는 이 작품 외에도 「지구와 빡테리아」, 「초상」

등에서 다다적 실험정신을 마음껏 발휘한다.

　임화는 한편 1930년대 목일회와『문장』의 동인으로 활동한 김용준과 미술논쟁을 벌이기도 하는데, 김용준의 아나키즘 문예이론「프롤레타리아 예술이론에 대한 비판」에 대해「미술 영역에 재한 주체이론의 확립」(《조선일보》 1927. 11. 20-24) 이라는 글을 통해 계급혁명 미술의 당위성을 역설했다. 그러나 실상 임화 이론의 근거 역시 표현주의, 미래파, 구성파 등 부르주아 예술이론이었다. 임화가 서구의 아방가르드 미술에서 수용하고 느꼈던 기존의 관습과 제도에 대한 미학적 저항과 혁명적 정신은 그가 평생을 바쳤던 사회주의 혁명의 인식론이었던 마르크스주의로의 전환에 인식론적 토대가 되었던 것이다.

오장환과 새 인간의 탄생

오장환(1918-1951)은 1930년대 중반 시단에서 가장 주목받는 신인이었다. 임화는 리얼리즘 문단의 새로운 시인으로 오장환에 주목한다. 모더니즘 문단의 김기림 역시 연옥을 통과하는 현대 지식인의 면모를 오장환이 갖추었다고 높게 평가한다. 뿐만 아니라 오장환은 미술에 대한 관심과 애정으로도 1930년대 문단과 화단의 교류를 회고하는 김광균의 기억 속에 등장한다.

> 장환은 그때 가끔 동경가서 초판의 호화판 시집을 수집해 오는 것을 취미로 하고 또 한편 자랑으로 삼고, 다방에서 나올 때는 第一書房이 낸 革裝 시집 한권을 옆에 끼고 재는 버릇이 있었다. 그는 또 시집을 사는 길에 서울에서는 살 수도 볼 수도 없는 인상파 이후의 화집까지 가끔 끼어 오는 통에 그것을 '빌리자', '나도 안본 것을 재수없이 먼저 보자느냐'고 옥신각신한 끝에 술 한턱을 받아먹은 후에야 보물처럼 내어주었는데, 그 화집들은 그때 우리 세계에서는 보물임에 틀림없었다.[2]

---

2. 김광균, 「30년대의 화가와 시인들」, 『와우산』, 범양사출판부. 1978.

오장환은 휘문고등학교에서 정지용에게 시를 배우면서 교지에 시를 발표하다가 1933년 『조선문학』에 「목욕간」을 발표하면서 문단에 정식으로 데뷔했다. 어린 나이에 데뷔한 그는 서정주, 이용악과 함께 1930년대 시단의 3대 천재, 또는 삼재(三才)로 불렸다. 그는 1930년대 중반 '남만서방'이라는 서점을 운영하고 있었는데, 가끔 일본에 가서 귀한 시집과 화집을 사들고 왔다. 이는 오장환 자신이 회화에 대한 관심이 그만큼 많았기 때문인데 그림에 열광하는 시인들의 입장에서도 새로운 화집을 통해 전혀 낯선 미적 경험을 할 수 있다는 것은 놀라운 일이었을 것이다.

오장환의 시에서 회화적 상상력의 일단은 우선 시 형태의 조형적 배열과 색채미 등과 관련되어 나타난다.

광부의 피와 살점이 말라붙은 헐은 또록꼬
廢驛에는 달이 떴다
텅비인 교회당 다 삭은 생철 지붕에
십자가 그림자
비
　뚜
　　로
누이고

　　　　　　　　　　　　- 오장환, 「荒蕪地」 부분

컴컴한 뒷골목에 푸른 등불들,
　　붕
붕

자물쇠를 채지 않는 또어 안으로, 浮華한 웃음과 삐어의 누른 거품이
북어오른다. 오른다

  – 오장환, 「海獸」 부분

저기 한 줄기 외로운 강물이 흘러
깜깜한 속에서 차디찬 배암이 흘러……사탄이 흘러……
눈이 따갑도록 빨간 장미가 흘러……

  – 오장환, 「할렐루야」 부분

눈 우에 피인 숯불은
빨갛게
주검은 아, 주검은 아름다웁게 불타오른다

  – 오장환, 「深冬」 부분

「황무지」와 「해수」에서 시어와 시형태의 조형적 배열은 시적 의미
를 만드는데 기여한다. 십자가가 비뚤게 놓인 상황을 형태적으로 보
여줌으로써 몰락의 기운을 보다 실감 있게 전달하며 '붕붕'은 뒷골목
에 제멋대로 걸려서 바람불 때마다 흔들리는 등불의 움직임을 보여준
다. 어둠의 검정과 피의 빨강, 등불의 푸른 색 등의 대비는 마치 야수
파의 화폭처럼 시적 의미를 강렬하게 만든다. 또한 「할렐루야」와 「심
동」에 나타난 색채의 대비 역시 회화적 심상을 자극시킨다. 강물(푸름),
깜깜함(검정), 장미(빨강) 등의 대비와 눈(하얀색), 숯불(빨간색) 등의 원색적
대비는 오장환이 색채 감각을 통해 시적 의미를 강조하고 있음을 느
끼게 한다.

한편 오장환 역시 이상이 운영하던 다방에 걸린 에피그램 같은 시를 쓰기도 했는데, 이에 대해 김기림이 '오장환의 놀라운 에스프리(機智)가 장콕토를 생각나게 한다'[3]라고 감탄하기도 하고, 또 '오장환씨는 일찍이 길거리에 버려진 조개껍질을 귀에 대고도 바다의 파도소리를 듣는 아름다운 환상과 직관의 시인'[4]이라며 장콕토의 시구를 오장환의 수식어로 사용한다. 이봉구 역시 오장환의 첫 시집『성벽』재판 후기에서 오장환이 꼭또 부럽지 않은 3행시를 썼다고 진술하고 있다. 김기림과 이봉구는 장콕토의 시적 발상의 대담함과 참신함, 그리고 시적 형식의 간략함, 즉 짧은 단형의 시형식을 장콕토의 특성으로 파악하고 이와 오장환을 비교한 것이다. 장콕토는 李箱이 아폴리네르와 함께 좋아했던 시인이기도 한데, 이상이 쥘 르나르의 에피그램과 함께 장콕토의 시를 좋아했던 것을 생각해보면 참신한 감각과 단형의 시 형식에 이상, 김기림, 오장환 등이 매료되어 있었던 것으로 보인다.

寫眞

어렸을 때를 붙들어두었던 나의 거울을 본다. 이놈은 진보가 없다.

不孝

이 어린 병아리는 인공부화의 엄마를 가졌다. 그는 정직한 불효다.

白合과 벌 BAND "Lily"

벌은 이곳의 조그만 나팔수다.

– 오장환,「캐메라 룸」부분

---

3.   김기림,「신춘의 조선시단」,《조선일보》 1935. 1. 1-5.
4.   김기림,『성벽』을 읽고: 오장환씨의 시집」,《조선일보》 1937. 9. 18.

이 작품은 카메라에 찍힌 한 장면, 장면들처럼 7개의 제목 밑에 짧은 시인의 단상을 적어 놓는 형식을 취하고 있는데, 마치 포토몽타주 같은 형태를 만들어내고 있다. 사진을 거울처럼 들여다보지만, 현재 자신과는 다른 어린 시절의 나의 모습, 그런데 진보가 없는 것은 누구일까 생각하게 만드는 진술. 왜 불효인가. 진짜 어미가 아닌 가짜 어미를 가졌으므로 그것은 불효의 정당한 사유인가. 백합을 나팔로, 벌을 나팔수로 비유한 밴드 릴리. 짧은 시형식은 대담하고도 참신하다.

에피그램적 에스프리를 보여주는 작품들 이외에 오장환의 많은 작품은 식민지 현실을 페시미즘과 로맨티시즘을 기본 정조로 하여 울분과 비애를 노래하고 있다. 그는 시인과 인간 중 어느 것이 되겠느냐고 묻는다면 '인간이 되겠다'고 하면서 진정한 신문학은 인간을 중심에 두는 것이어야 함을 강조한 바 있는데,[5] 이런 생각은 해방 정국에서 보다 적극적으로 표출된다.

오장환은 해방 이후 「조형미전 소감」(《중외신보》 1946. 5. 21) 이나 「새 인간의 탄생: 조선미술동맹 제1회전을 보고」(『백제』, 1947. 2) 등 미술 관람회 평문을 발표하는데, 이는 회화에 대한 그의 관심과 열정이 여전히 지속되고 있음을 보여준다. 우선 그는 「조형미전 소감」에서 "한 사람의 작가가 기왕에 만들어 놓은 자기 포름에 그것을 지키기에만 급급하다면 이것은 완전히 비참한 일이다. 이런 의미에서 나는 여기 유수한 멤버들이 어떠한 사정에 의하여서든 간에 그가 발표한 작품은 구작으로만 생각하고 싶다"라면서 새로운 창조적 형식을 강조하고 있다. 이는 예술의 본질 상, 기존 미학으로부터의 탈출이라는 의미도 있겠지만, 당시 오장환이 추구하였던 사회주의 미학에 맞는 전혀 새로운 예술 형식을 요구하는 것으로 읽는 것이 자연스럽다.

오장환의 이런 생각은 다음 해 발표한 평문 「새 인간의 탄생」에서

5.　오장환, 「문단의 파괴와 참다운 신문학」, 《조선일보》 1937. 1. 28-29.

보다 명확히 드러난다. 그는 사회주의적 미술론의 관점에서 작품들 개개를 비판적으로 평가한다.

〈감방(監房)〉—벽화를 위한 습작이라고 부제를 달은—은 우리에게 새 인간의 탄생!을 고한다. 이 그림은 행복되지 않은 우리들의 모습 그대로이라 검고 푸른 색조를 배경으로 하고 세 청년이 둘러 앉아 있다. 시꺼멓고 두꺼운 쇠창살은 보기만 하여도 압박감을 느끼게 하는 것이 우선 우리가 살고 있는 남부 조선의 현실과 공감성을 자아내게 하고, 여기에 꿰어진 양말과 수염조차 깍지 못한 덥수룩한 얼굴이 가차운 동무들의 모습을 생각케 한다. 또 이 절망적인 순간과 같은 분위기 속에서 그들의 용모는 굽히는 데가 없고 다시 무엇을 열심히 계획하고 앞날의 작전을 위하여 침착하게 토의한다. 이 장경(場景)은 우리에게 무한한 기쁨과 신뢰의 정을 가져온다. (중략) 작자는 겸손하여 새인간의 탄생! 이란 제목은 걸지 않았다. 그러나 여기에 나오는 인물이 보티첼리가 소작한 〈비너스의 탄생〉의 주인공인 화려한 나체의 여인이 아니라도 좋다.

오장환은 박문원의 그림이 보티첼리의 〈비너스의 탄생〉 순간에 필적할 만한 새로운 인간 탄생을 재현하고 있다고 극찬한다. 행복하지 않은 현재 우리의 모습을 검고 푸른 색조, 남루한 외상, 그러면서도 의연한 용모와 침착에서 느껴지는 의지 등, 화면의 사실적 묘사는 남부조선의 현실을 보여줄 뿐만 아니라 사회주의 노동자의 전형을 암시한다고 오장환은 생각했던 것 같다.

오장환이 극찬한 그림의 화가 박문원(1920-1973)은 〈소설가 구보 씨의 일일〉을 쓴 소설가 박태원(1910-1986)의 동생인데 한국전쟁 말기에 이들 형제는 각각 월북했다. 박문원은 동경대 미학과 재학 중 해방을 맞아 귀국해 1946년 서울대 전신인 경성대 미학과를 졸업했다. 해방 정국에서 남조선문화단체총연맹 조직부 부장, 남조선미술가동

맹 서기장·위원장 등으로 활동하며 사회주의 미술운동을 선도하다가 1951년 월북하였다. 북한에서는 1961년 이후 창작과 미술사 집필에 전념했고 특히 삼국시대 한국미술이 일본에 미친 영향을 논증했다. 그는 장정가나 삽화가로도 활동했는데, 형인 박태원의 소설집『천변풍경』의 표지 및 속표지 그림을 그렸을 뿐만 아니라 유진오의 시집『창』(정음사, 1948), 설정식의 시집『제신의 분노』(신학사, 1948) 등의 장정을 맡은 것으로도 알려졌다.

오장환은 같은 글에서 박문원에 대한 높은 평가와는 대조적으로 1930년대 후반 김기림, 김광균 등과 자주 만났던 김만형이나 최재덕의 작품을 실생활과 떨어진 '근근한 소품'으로 평가하고 있다. 1930년대로부터 10여 년이 흐른 해방 정국에서 오장환의 미학적·정치적 변화를 확인할 수 있는 지점이다.

이중섭의 서정과 인정

그림 52　이중섭이 그린 오장환 시집『나 사는 곳』(1947)의 속표지화.

오장환은 북한 문단에서 더 활약하지 못한 채, 한국전쟁 중(1951) 죽음을 맞이하였다. 오장환의 죽음이 전해지자 평소 그와 친분이 있었고, 또 오장환의 시집『나 사는 곳』의 속표지화를 그려주기도 했던 이중섭은 매우 안타까워하며 그를 추모하는 그림을 그렸다고 한다. 〈추모〉(1952)라는 제목의 이 그림에 대해 이중섭은 꽃구름이 떠 있고 가운데 죽은 사람이 누워있고, 유족들은 서 있는데, 좋은 데 가서 살라고 꽃구름을 그렸다고 한다. 오장

그림 53 최재덕, 〈포도〉, 창작연도 미상.
황톳빛 사발에 담긴 포도에서 소박하고 정겨운 인정이 느껴진다. 그림 오른쪽 아래 서
명을 쓰는 칸에 최재덕은 이름 석자를 교묘히 뜯어 붙여 황소그림을 그려 놓았다. 순박
성이 느껴진다.

환을 생각하는 이중섭의 따스한 마음과 슬픔이 느껴진다.[6]

　김광균 역시 이중섭의 따스한 서정을 사랑하던 시인인데, 그는 이
중섭과 함께 '그(최재덕)[7]의 그림은 행복한 색채로 덮인 나이브한 풍경이
많다. 가을 추수 때 시골로 내려가 그린 들판의 〈원두막〉, 〈포도〉, 〈한
강의 포플라 나무〉, 〈금붕어〉 등 매우 독창적이고 부드러운 형상에 서
려 있는 서정을 나는 이중섭의 그림과 맞먹는 것으로 생각한다. 두 사

6.　고은,『이중섭 평전』, 향연, 2004, 325면.

7.　최재덕은 경남 산청 출생(1916-?)으로 서울 보성고등보통학교를 거쳐 동경의 다이
　　헤이요미술학교(太平洋美術學校)에 유학, 1938년에 졸업했다. 동경에 머무르며 이
　　과전(二科展) 신제작파전(新制作派展) 등에 입선하고, 1941년에는 역시 동경에서 이
　　중섭(李仲燮), 이쾌대(李快大), 진환(陳瓛) 등과 새로운 미술을 지향한 '신미술가협
　　회'를 조직하여 동경과 서울에서 동인작품전을 가졌다. 당시 최재덕은 신선한 색채
　　구사와 서정적 표현감각의 독특한 작품으로 각별한 평가를 받았다. 한국전쟁 중 월
　　북했다. 평소에 풍경화를 좋아했던 김광균은 최재덕의 풍경화에 나타난 서정성을
　　좋아했던 것으로 보인다.

그림 54 이중섭, 〈어린 아이들〉, 1950년대.
이중섭이 담배 속지에 그린 은지화, 이중섭과 친하게 지내던 시인 김광림은 미군부대에 근무하며 휴가를 나올 때마다 미군들의 담배 속 은박지를 모아다 주었다고 한다. 은박지 위에 이중섭은 가족과 헤어진 후 아이들과 가족의 행복한 모습을 많이 그렸다.

람 다 천사가 이 세상을 잠깐 다녀간 것이리라.'면서 부드러운 풍경화에 어린 인정을 중요한 것으로 평가했다.

  김광균은 1952년 전쟁 중에 아내와 아이들을 일본으로 떠나보낸 이중섭을 지원하고 돌보았으며 그의 죽음(1956)을 지킨 친구였다. 김광균은 이중섭의 죽음에 대해 가난 속에서 비참하게 생을 마감한 모딜리아니가 이중섭보다 낫다고 하면서 이중섭의 죽음을 비통해 했다.[8] 이는 무엇보다 김광균이 그의 미술을 사랑하고 아끼기 때문이었다.

  이중섭만의 독보적인 창작화인 은지화는 미군부대에서 흘러나온 양담배의 속 은박지를 활용한 선화(線畫)이다. 그것은 재료상의 특징과 매혹적인 조형미로 전 세계 화가들과 평론가들에게 경탄의 대상이었으나 작가의 가난하고 고독한 마음에서 비롯된 작품행위였다.[9]

---

8. 김광균, 「畫家 畫商 畫族」, 앞의 책.
9. 이구열, 『우리 근대 미술 뒷이야기』, 돌베게, 2005, 264면.

　　이중섭은 죽기 전 1955년 1월 18일부터 27일까지 개인전을 가졌다. 45점의 그림을 전시한 이 작품전의 안내 책자에 김환기와 김광균이 글을 남겼는데, 김광균의 글은 아래와 같다.

　　중섭의 예술이 어디다 뿌리를 박고 있는지는 아무도 모른다. 우리 눈을 가로막는 것은 헐벗고 굶주린 한그루 나뭇가지에 서린 그의 슬픔과 생장하는 자태뿐인데 이 메마른 나무를 중심으로 그가 타고난 것을 잃지 않고 소중히 길러온 40년을 모두어 개전(開展)을 가지는 것은 그로 보나 우리로 보나 즐겁고 뜻깊은 일이다. 앞으로 그의 예술의 생장과 방향은 그 자신의 일이나 모진 전란 속에서 어떻게 용히 죽지 않고 살아 이런 일을 했나 하고 등이라도 한번 두드려 주고 싶다.[10]

　　이중섭의 그림은 늘 천진한 어린이를 통해 순수한 인간성과 가족에 대한 사랑과 그리움 등에 뿌리를 두고 있다. 헐벗은 나무는 아마 외로움과 가난에 떠는 이중섭일지 모른다. 김광균은 이중섭이 전쟁과 가난 그리고 외로움 속에서도 따스한 서정을 가진 작품을 그리는 것이 참으로 대단한 일임을 강조하고 있다.

10.　고은, 앞의 책, 317-318면 재인용.

백석과 삽화가 정현웅

백석을 흔히 유랑의 시인이라고 일컫는 가장 큰 이유는 그가 한곳에 정착하기보다 짧은 시기에 이곳저곳으로 거처를 옮기며 떠돌았기 때문일 것이다. 백석은 1934년 일본의 아오야마(靑山) 학원을 졸업한 후 서울의 조선일보에 1936년까지 재직하였고, 같은 해 함흥으로 가서 영생여고에 있다가 사임하고 1938년 서울로 돌아왔다. 잡지『여성』에 근무하던 1939년 말경, 다시 그는 만주의 신경으로 떠난다. 이중에서 서울에 머물렀던 1936년에는 '남행시초'를, 함흥에 머물렀던 1937년 에는 '함주시초'를, 1939년에는 '서행시초' 등의 연작 기행시를 발표하 는 것을 보면 백석은 고향을 떠난 이후, 지속적으로 여행 혹은 유랑의 길 위에 서 있었던 것으로 보인다.

백석이 북방 지역을 떠돌며 쓴 작품들은 민족의 원형과 의식을 투 영한 '북방시편'으로 평가되고 있는데, 그중 '정현웅[11]에게'라는 부제

---

11. 정현웅(鄭玄雄)은 일제강점기를 대표하는 미술가의 한 사람으로 1910년 서울에서 태어나 경성제이고등보통학교를 졸업했다. 경성제이고보 재학 중 조선미술전람회 에 〈고성(古城)〉을 출품하면서 미술계에 데뷔하였다. 이후 일본에 유학하여 가와바

를 단 작품이 있어 흥미롭다.

아득한 옛날에 나는 떠났다

부여를 숙신을 발해를 여진을 요를 금을

흥안령을 음산을 아무우르를 숭가리를

범과 사슴과 너구리를 배반하고

송어와 메기와 개구리를 속이고 나는 떠났다

나는 그때

자작나무와 이깔나무의 슬퍼하던 것을 기억한다

갈대와 장풍의 붙드던 말도 잊지 않았다

오로촌이 멧돌을 잡어 나를 잔치해 보내던 것도

쏠론이 십리길을 따러나와 울던 것도 잊지 않았다

나는 그때

아무 이기지 못할 슬픔도 시름도 없이

다만 게을리 먼 앞대로 떠나 나왔다

그리하여 따사한 햇귀에서 하이얀 옷을 입고 매끄러운 밥을 먹고

단샘을 마시고 낮잠을 잦다

밤에는 먼 개소리에 놀라나고

____

타(川瑞)미술학교를 다니기도 했으나, 몸이 약하여 귀국하여 삽화가로 일하게 되었
다. 《동아일보》와 《조선일보》 등 신문사 소속의 출판미술가로 일하면서 많은 연재
소설의 삽화를 그렸다. 한국전쟁 중에 월북하여 북한에서 화가로서 왕성한 활동을
보여 월북 예술인 가운데 특별히 성공한 편이다. 고분 벽화의 모사로 독자적인 위치
를 구축한데다 역사화, 아동화, 조선화가로서도 명성을 쌓았다. 1976년 폐암으로 세
상을 떠났다. 최근에 정현웅의 화가, 삽화가, 북디자이너 등의 활동에 대한 재조명이
활발하게 이루어지고 있다(신수경·최리선, 『시대와 예술의 경계인 정현웅』, 돌베개,
2012; 정현웅 기념사업회, 『만화가 정현웅의 재발견』, 현실문화, 2012; 정현웅 기념
사업회 엮음, 『정현웅전집』, 청년사, 2011).

아침에는 지나가는 사람마다에게 절을 하면서도

나는 나의 부끄러움을 알지 못했다

그동안 돌비는 깨어지고 많은 은금보화는 땅에 묻히고 가마귀도 긴

족보를 이루었는데

이리하야 또 한 아득한 새 옛날이 비롯하는 때

이제는 참으로 이기지 못할 슬픔과 시름에 쫓겨

나는 나의 옛 한울로 땅으로—나의 태반(胎盤)으로 돌아왔으나

이미 해는 늙고 달은 파리하고 바람은 미치고 보래구름만 혼자 넋없이

떠도는데

아, 나의 조상은 형제는 일가친척은 정다운 이웃은 그리운 것은

사랑하는 것은 우러르는 것은 나의 자랑은 나의 힘은 없다 바람과 물과

세월과 같이 지나가고 없다

– 백석, 「북방에서-정현웅에게」[12]

북방을 떠돌던 백석이 문득 마주한 자신의 삶은 자신에게 아무것
도 남아 있지 않다는 사실이었다. 식민지 현실의 중심지, 서울을 떠나
조상과 민족의 옛 한울이요, 태반인 '북방'으로 슬픔과 시름에 쫓겨 왔
으나 원초적인 원형의 그 시·공간은 늙고, 파리하게 흘러간다. 과거도,
현재도, 미래도 없이 남루하고, 초라한 현실만이 남아 있는 이때, 그가
불러보고 싶은 사람은 바로 화가 정현웅이었다. 그는 누구였을까. 정
현웅은 1910년생으로 백석보다 두 살이 많은 화가였다. 정현웅은 월

---

12. 『문장』, 1940. 7.

북하여 화가로 인정받으며 유복하게 살았지만, 남한에서는 신문과 잡지의 삽화가와 장정가로 활동했다. 몸이 약했던 그는 그림 공부에 매진할 수 없어 포기하고 화가들이 경멸하던 삽화가로서의 삶을 선택할 수밖에 없었다.

정현웅은 삽화를 '쓰레기 속의 예술'이라 부르면서 환멸과 현실의 양 극단에서 고민하기도 했지만 한편으론 자신을 신구약성서의 삽화를 그린 미켈란젤로와 비교할 만큼의 자부심도 갖고 있었다. 그는 월간지의 삽화나 표지화뿐만 아니라 신문연재 소설의 삽화도 그렸는데, 그의 그림은, 작품은 물론 문예지와 신문에 생기와 활력을 주었다. 또한 그가 그린 박화성, 이기영, 채만식, 김남천, 이태준 등 당대 내로라하는

그림 55 『문장』1939년 7월호에 실린, 정현웅이 그린 백석의 옆모습이다. 정현웅은 그림과 함께 백석에 관한 단상을 적고 있는데 일부를 소개하면 다음과 같다. "이것은 청년 시인 백석이고, 잡지『여성』편집자 미스터 백석의 프로필이다. 미스터 백석은 바루 내 오른쪽 옆에서 심각한 표정으로 사진을 오리기도 하고 와리쓰게도 하고 있다. 그래서 나는 밤낮 미스터 백석의 심각한 프로필만 보게된다. 미스터 백석의 프로필은 조상(彫像)과 같이 아름답다"

소설가들의 작품 삽화는 소설과 삽화 모두의 품위와 격조를 높여 주었다. 이처럼 1930년대 후반 삽화가로서의 정현웅의 위상은 독보적인 것이었다.[13]

백석과 정현웅이 만나게 된 것은 백석이 1939년 조선일보사 출판부에 재입사하여 『여성』지 편집자로 근무하면서부터다. 이때 정현웅

---

13. 신수경·최리선,『시대와 예술의 경계인 정현웅』, 돌베개, 2012, 100-110면.

그림 56 1938년 3월호 『여성』에 실린 백석의 시와 정현웅의 그림

은 『조선일보』에서 발행하는 『소년』, 『여성』, 『조선』 등의 표지장정과 삽화를 그리고 있었다. 당시 정현웅은 옆에서 본 백석의 모습을 스케치로 남겼다. 한 곳에 머물지 못하고 유랑하면서 고독한 삶을 선택했던 백석의 내면은, 자신의 꿈을 포기하고 현실에 머무를 수밖에 없었던 정현웅의 외로움과 잘 만날 수 있었을 지도 모른다.

정현웅은 『여성』에 실린 시와 소설 등의 삽화를 맡아 그렸는데, 백석이 「나와 나타샤와 흰 당나귀」와 「내가 생각하는 것은」을 『여성』 1938년 3월과 4월에 연달아 게재할 때 삽화를 맡아 그렸다. 당시 『여성』지는 속표지화에도 채색을 했는데, 정현웅이 그린 백석 시의 채색 삽화는 시의 분위기와 주제를 아름답게 재현하고 있다.

가난한 내가
아름다운 나타샤를 사랑해서
오늘밤은 푹푹 눈이 나린다

나타샤를 사랑은 하고

눈은 푹푹 날리고

나는 혼자 쓸쓸히 앉어 소주를 마신다

소주를 마시며 생각한다

나타샤와 나는

눈이 푹푹 쌓이는 밤 흰 당나귀 타고

산골로 가자 출출이 우는 깊은 산골로 가 마가리에 살자

눈은 푹푹 나리고

나는 나타샤를 생각하고

나타샤가 아니 올 리 없다

언제 벌써 내 속에 고조곤히 와 이야기한다

산골로 가는 것은 세상한테 지는 것이 아니다

세상 같은 건 더러워 버리는 것이다

눈은 푹푹 나리고

아름다운 나타샤는 나를 사랑하고

어데서 흰 당나귀도 오늘밤이 좋아서 응앙응앙 울을 것이다

– 백석, 「나와 나타샤와 흰 당나귀」

정현웅은 눈 내리는 작품 안의 풍경을 흰색과 빨간색의 대비로 전환시킨다. 붉은색은 화자의 세상에 대한 울분과 열정, 그리고 쓸쓸한 심정까지 대변하는 듯하다. 외롭게 서 있는 당나귀는 화자인 '나'의 투영물이고 나타샤는 이국적인 복장을 하고 고요히 당나귀를 응시한다. 정현웅은 전체적으로 화면을 가득 메운 흰색을 통해 백석이기도 한 화자의 내면, 즉 '세상 같은 것은 더러워 버리는' 시인의 순결한 자의

그림 57 정현웅이 그려준, 1957년 북
한에서 출간한 백석 동화시집 『집게네
네 형제』 표지

그림 58 『집게네 네 형제』에 실린 정현웅이 그린
중년이 된 백석의 모습이다. 조각상처럼 아름다운
시인의 고민과 섬세함보다는 중년의 쓸쓸함과 생
활의 무게감이 느껴지는 얼굴이다.

식을 반영하고자 한 것 같다.

백석은 해방이 되었을 때 자신의 고향인 정주에 머물렀고, 분단
이후에도 월남하지 않았다. 그리고 1950년대 중반부터 동화시의 작
가로 북한 문단에서 적극적으로 활동을 시작했으며 동화시 창작 및
이론과 관련한 글도 발표했다. 그러나 백석의 북한 문단에서의 활동
은 주목할 만한 평가를 얻지 못했고 원활하지 못했다. 이에 비해 정현
웅은 북한 미술계에서 뚜렷한 성과를 남긴 화가로 평가받았다.

백석은 1957년 동화시집 『집게네 네 형제』를 출간하는데, 이때 정
현웅은 장정과 표지를 맡아주었고, 백석의 모습을 스케치까지 해주었
다. 이를 보면 해방 이후 적어도 1950년대 후반까지 두 사람의 교유가
있었을 것으로 추측할 수 있다. 그러나 북한사회에서 이념의 차이와 그
거리는 이후 두 예술가가 더는 시인과 화가로서 만날 수 없도록 하였다.

참고문헌

단행본

고위공,『문학과 미술의 만남: 상호매체성의 미학』, 미술문화, 2004.

고은,『이상 평전』, 향연, 2003.

______,『이중섭 평전』, 향연, 2004.

권영민,『이상문학의 비밀 13』, 민음사, 2012.

김광균,『와사등』, 한성서재, 1977.

______,『와우산』, 범양사출판부, 1978.

김기림,『김기림 문학비평』, 윤여탁 편, 푸른 사상, 2002.

______,『김기림 전집 1 詩』, 심설당, 1988.

김승희 편저,『이상』, 문학세계사, 1993.

김유중·김주현 엮음,『그리운 이름 이상』, 지식산업사, 2004.

김진송,『서울에 딴스홀을 허하라』, 현실문화연구, 1999.

김진희,『근대문학의 장과 시인의 선택』, 소명출판, 2009.

______,『생명파 시의 모더니티』, 새미, 2003.

리재현,『조선역대미술가편람』(증보판), 문학예술종합출판사, 1999.

박용숙,『한국현대미술사 이야기』, 예경, 2003.

백석,『백석 전집』, 김재용 엮음, 실천문학사, 2011.

서정주,『미당 자서전』, 민음사, 1994.

______,『서정주 문학전집』5권, 일지사, 1972.

______,『서정주 시전집』, 민음사, 1994.

서준섭,『한국모더니즘 문학연구』, 일지사, 1991.

신수경·최리선,『시대와 예술의 경계인 정현웅』, 돌베개, 2012.

오장환,『오장환 전집 1, 2』, 최두석 엮음, 창작과 비평사, 1989.

이가림,『미술과 문학의 만남』, (주)월간미술, 2000.

이구열,『우리 근대미술 뒷이야기』, 돌베개, 2005.

임화,『문학의 논리』, 학예사, 1940.

______,『현해탄』, 신승엽 엮음, 풀빛, 1988.

장우성,『화맥 인맥』, 중앙일보사, 1982.

정지용,『정지용 전집 1 시』, 민음사, 2003.

______,『정지용 전집 2 산문』, 민음사, 2003.

정현웅 기념사업회,『만화가 정현웅의 재발견』, 현실문화, 2012.

정현웅 기념사업회 엮음,『정현웅 전집』, 청년사, 2011.

조영복,『문인기자 김기림과 1930년대 활자: 도서관의 꿈』, 살림, 2007.

______,『월북 예술가 오래 잊혀진 그들』, 돌베개, 2002.

조용만,『30년대 문화예술인들』, 범양사출판부, 1988.

조용진·배재영,『동양화란 어떤 그림인가』, 열화당, 2001.

최유찬,『문예사조의 이해』, 이룸, 2006.

한국근현대미술기록연구회 편저,『제국미술학교와 조선인 유학생들
     1929-1945』, 눈빛, 2004.

홍선표,『한국근대미술사』, 시공아트, 2009.

아베 요시오,『군중 속의 예술가: 보들레르와 19세기 프랑스 회화』, 정명희
     옮김, 고려대출판부, 2006.

고흐홀트 에프라임 레싱,『라오콘: 미술과 문학의 경계에 관하여』, 윤도중
     옮김, 나남, 2008.

닐 콕스,『입체주의』, 천수원 옮김, 한길 아트, 2003.

다니엘 베르제,『문학과 미술』, 김모세·임민지 옮김, 시와 진실, 2009.

라이너 마리아 릴케,『소유하지 않는 사랑: 릴케의 가장 아름다운 시』,
　　김재혁 옮김, 고려대출판부, 2003.

리콜 튀펠리,『19세기 미술』, 김동윤·손주경 옮김, 생각의 나무, 2005.

릴케 글, 로댕 그림,『황홀의 순간』, 김재혁 옮김, 2002.

마리오 프라즈,『문학과 미술의 대화: 기억의 여신』, 임철규 옮김,
　　연세대출판부, 1996.

마테이 칼리니스쿠,『모더니티의 다섯 얼굴』, 이영욱 외 옮김, 시각과 언어,
　　1993.

모리스 세륄라즈(Maurice Serullaz),『인상주의: 태동에서 절정까지,
　　그리고 그 주변 이야기』, 최민 옮김, 열화당, 2000.

보들레르,『악의 꽃』, 윤영애 옮김, 문학과 지성사, 2003.

　　　　,『화가와 시인: 보들레르 미학의 등대 들라크루아, 그에게 바치는
　　미술론』, 윤영애 옮김, 열화당, 2007.

샤를 보들레르,『보들레르의 수첩』, 이건수 옮김, 문학과 지성사, 2011.

쥘 르나르,『자연의 이야기들』, 박명욱 옮김, 김연주 그림, 문학동네, 2002.

프레더릭 바이저,『낭만주의의 명령: 세계를 낭만화하라』, 김주휘 옮김,
　　그린비, 2011.

Gérard Legrand,『르네상스』, 정숙현 옮김, 생각의 나무, 2004.

Peter Brooks,『육체와 예술』, 이봉지·한애경 옮김, 문학과 지성사, 2002.

Rainer Maria RILKE,『보르프스베데·로댕론』, 장미영 옮김, 책세상, 2000.

S 알렉산드리안,『초현실주의』, 이대일 옮김, 열화당, 1984.

Vanessa R. Schwartz,『구경꾼의 탄생』, 노명우·박성일 옮김, 마티, 2006.

논문

구정화,「한국근대기의 여성인물화에 나타난 여성 이미지」,
　　『한국근대미술사학』9집, 2000.

기혜경,「1920년대의 미술과 문학의 교류 연구: 카프 형성과정을
　　중심으로」,『한국근대미술사학』8권, 2000.

길진섭,「寫生과 感情」,『문장』, 1939. 3.

______,「여묵」,『문장』, 1939. 4.

김기림(편석촌),「수첩 속에서: 현대예술의 원시에 대한 욕구」,《조선일보》
　　1933. 8. 9.

김기림,「신문기자로서의 최초 인상: 저널리즘의 비애와 희열」,『철필』
　　제1권 1호, 1930. 7.

______,「오후와 무명작가들」,《조선일보》1930. 4. 28-5. 3.

______,「하기예술강좌 문예편」,《조선일보》1934. 7. 12-22.

______,「협전을 보고」,《조선일보》1933. 5. 6.

______,「李箱의 모습과 예술」,『이상 선집』서문, 백양당, 1949.

김복기,「근대 한국미술사와 문학의 만남」,『월간미술』, 1996. 12.

김영나,「한국 근대 시각미술에 재현된 '신여성'」,『미술사와 시각문화』
　　제2호, 2003.

______,「한국근대의 누드화」,『20세기 한국미술』, 예경, 1998.

김용준,「모델과 여성의 미」,『여성』, 1936. 9.

______,「회화적 고민과 예술적 양심」,『문장』, 1939. 9.

김재혁,「릴케 고유의 '앞세우기' 이론을 통한 '사물시' 분석」,『독일문학』
　　77집, 2001.

김진희,「임화 시 연구」, 이화여자대학교 석사논문, 1990.

______,「정지용의 후기시와『문장』」,『비평문학』33호, 2009. 9.

김현숙,「구본웅의 작품을 통해 본 모더니즘 수용의 일례」,『미술사연구』

11호, 1997. 12.

______,「김찬영 연구: 한국 최초의 모더니스트 미술가」,
　　　『한국근현대미술사학』6권, 1998.

문종혁,「심심산천에 묻어주오」,『여원』, 1969. 4.

박정선,「동양적 풍경의 시와 산수화적 기법」, 최동호·맹문재 외,『다시
　　　읽는 정지용 시』, 월인, 2003.

박태원,「이상의 片貌」,『조광』, 1937. 6.

박현수,「이상 시학과 '전원수첩'의 수사학」,『모더니즘과
　　　포스트모더니즘의 수사학』, 소명출판, 2006.

서정주,「나의 문학인생 7장」,『시와 시학』, 1996. 가을.

안상원,「『로댕론』과 릴케의 문학」, 라이너 마리아 릴케,『릴케의 로댕』,
　　　안상원 옮김, 미술문화, 1998.

안석주,「나체모델과 화가의 감촉」,『삼천리』, 1929. 6.

윤태원,「예술의 상호해명에 관한 역사적 고찰: 빙켈만에서 낭만주의까지」,
　　　『독일문학』89권, 2004.

이태준,「古翫品과 生活」,『문장』, 1940. 10.

______,「제10회 서화 협전을 보고」,《조선일보》1930. 10. 22-23.

______,「제13회 협전관 후기」,《조선중앙일보》1934. 10. 24-28.

임화,「어떤 청년의 참회」,『문장』, 1940. 2.

장미영,「라이너 마리아 릴케의『신시집』연구: 언어문제를 중심으로」,
　　　『독일문학』제69집 40권 1호, 1999.

정해룡,「벤 존슨의「에피그램(Epigrams)」연구」,『영미어문학』제39집,
　　　1998. 5.

조영복,「이상의 예술체험과 1930년대 예술 공동체의 기원」,
　　　『한국현대문학연구』23호, 2007.

조정육,「'조선의 고갱' 이인성 돌아오다」,《한겨레신문》2006. 5. 12.

최동호,「정지용의 산수시와 성정의 시학: 중국과 한국의 산수화론과 시적

미학」,『시와 시학』, 2002. 여름.

______,「정지용의 산수시와 情景의 시학: 장경렬 교수의 「비」의 해석과
　　관련하여」, 최동호·맹문재 외,『다시 읽는 정지용 시』, 월인, 2003.

피종호,「문학과 회화의 경계 또는 경계를 넘어서」, 피종호 엮음,『문학의
　　탈경계와 상호 예술성』, 아카넷, 2009.

홍선표,「근대미술사 특강」,『월간미술』, 2004. 11.

______,「한국근대미술의 여성 표상」,『한국근대미술사학』10집, 2002.

Carol Duncan,「남자다움과 남성 우위: 20세기 초기의 전위회화」, Norma
　　Broude & Mary D. Garrard,『미술과 페미니즘』, 호승희 옮김, 동문선,
　　1994.

「동경미술학교 유학 35년사」,『월간미술』, 1989. 9.

「북녘 작가 그림여행 16」,『통일한국』, 2008. 5.

색인

탈경계인문학 연구총서 발간에 부쳐

전지구적 자본주의와 국경을 넘나드는 이주의 확산, 새로운 매체의 출현과 생명공학의 발달 등으로 인해, 근대 인문학이 그어놓은 인간·지식·문화의 경계들은 빠르게 해체되고 있으며, 인문학은 이전과는 전혀 다른 새로운 문제들에 직면하고 있다. 이화인문과학원 탈경계인문학연구단은 이 새로운 현상을 '탈경계'라는 개념으로 포착하여 인문학의 새로운 패러다임으로 '탈경계인문학'을 제안하였다. 이 연구 아젠다는 2007년부터 한국연구재단의 〈인문한국(HK) 지원사업〉에 선정되어, 탈경계인문학의 구축과 확산을 위해 노력하고 있다.

'탈경계인문학'은 기존의 분과학문이나 지역적 사고로는 그 경계가 빠르게 재편되고 있는 현실 속의 다양한 인간 경험을 담아내기 어렵다는 문제의식에서 출발한다. 우리는 이 새로운 현상들을 조망하고 해석하기 위해 문학과 문화, 인간과 기계, 예술과 테크놀로지, 주체와 타자, 젠더, 텍스트와 현실, 지구와 지역의 경계를 넘어서는 연구 관점이 필요하다는 공동인식에 도달했다. 또한 인문학 연구의 대상을 텍스트로 국한하지 않고, 우리가 살아가고 있는 삶의 현장으로 확장할 필요가 있다고 보았다. 따라서 우리의 연구는 학제적·융합적이고, 지구지역적(glocal)이며, 탈경계적이다. 이러한 탈경계적 방법론을 통해 우리는 역동적 현실에 민감하게 반응하면서 기존 인문학의 분과를 넘나드는 탈경계인문학 이론을 생산하고자 한다.

본 연구총서는 탈경계인문학연구단의 연구 성과뿐만 아니라, 그 문제의식을 공유하는 다양한 연구자들의 성과를 한자리에 모아 탈경계인문학의 구축과 확산의 계기를 마련하기 위해 기획되었다. 이 총서를 통해 우리는 분과 학문의 경계를 넘나드는 학제적 시각에서 전통 인문학의 주제들을 재해석할 뿐만 아니라, 21세기 탈경계 문화 현상을 해석하고, 경계의 구성과 해체에 개입하는 권력을 비판적으로 성찰하는 열린 토론의 장을 이끌어 내고자 한다. 21세기 인문학의 새로운 패러다임을 구축하고 탈경계 문화 현상 속의 인간과 인간 경험의 전 영역을 아우르는 통합적 인문학 연구의 장을 만들어내는 것, 우리의 삶의 현장과 유리되지 않는 역동적인 인문학의 위상을 정립하는 것, 대안 가치와 새로운 세계를 고민하는 인문학적 소통의 장을 만들어 내는 것, 그것이 탈경계인문학 연구총서를 내는 우리의 기대이다.

2012년 12월
이화인문과학원 탈경계인문학연구단